만 년 만에
귀환한 플레이어

나비계곡 퓨전 판타지 장편소설
WISHBOOKS FUSION FANTASY STORY

만 년 만에 귀환한 플레이어 10

나비계곡 퓨전 판타지 장편소설

초판 1쇄 찍은 날 | 2020년 04월 22일
초판 1쇄 펴낸 날 | 2020년 04월 29일

지은이 | 나비계곡
펴낸이 | 권태완 우천제

기획 | 위시북스
편집책임 | 한준만
편집 | 위시북스

펴낸곳 | (주)케이더블유북스
등록번호 | 제25100-2015-43호
등록일자 | 2015. 5. 4
KFN | 제2-31호

주소 | 서울시 구로구 디지털로31길 38-9, 401호
전화 | 070-8892-7937 팩스 | 02-866-4627
E-mail | fantasy@kwbooks.co.kr

ⓒ나비계곡, 2019

ISBN 979-11-293-5262-0 04810
       979-11-293-3914-0 (set)

만년 만에 귀환한 플레이어

나비계곡 퓨전 판타지 장편소설

WISHBOOKS FUSION FANTASY STORY

만년만에 귀환한 플레이어

CONTENTS

◆ 1장 ◆
빛을 길들이는 방법

"많이도 모였네."

강우는 간부들을 위해 지어진 큰 막사에서 나와 넓게 펼쳐진 진영을 내려다보았다.

가디언즈를 비롯한 천사, 빛의 감시자들이 한곳에 모인 연합군. 그런 연합군이 주둔해 있는 높은 산자락에는 끝없는 눈보라가 휘몰아치고 있었다.

소변이라도 본다면 순식간에 얼어붙을 것 같은 혹한의 날씨. 아무리 초인적인 신체를 지닌 플레이어라고 하더라도 이 정도 추위에는 견디기 힘든 것이 당연하지만, 전투 식량을 꺼내어 먹는 연합군의 표정에는 힘들어하는 모습이 보이지 않았다.

"드디어 악마교 놈들이랑 제대로 붙어볼 수 있겠네."

"이번 일이 끝나면 고향으로 돌아갈 수 있는 거지?"

"나, 이번에 살아 돌아가면 안나랑 결혼하기로 했어."

"스미스……."

"힘내라. 너라면 꼭 살아 돌아갈 수 있을 거야!"

추위를 전혀 느끼지 않는지 편하게 잡담까지 나눌 정도.

이제는 가디언즈 직속 마법사 부대가 된, 진리의 탑 소속 마법사들. 그들이 자발적으로 휴일까지 반납해 가며 만들어준 보온 마법이 인챈트된 장비 덕분에 가디언즈의 병력들은 편안한 출정길을 보내고 있었다.

강우는 그들의 대화를 엿들으며 표정을 굳혔다.

'스미스… 괜찮니?'

아무리 봐도 죽을 것만 같았다.

안나에 대한 자랑을 늘어놓기 시작하는 스미스를 뒤로한 채 막사 안으로 들어왔다. 안에는 가이아와 김시훈, 차연주, 천무진, 한설아, 에키드나 등. 가디언즈의 정예 멤버들이 모여 있었다.

"아, 강우 씨."

한설아가 방긋 웃으며 다가왔다.

"식사 준비 끝났어요. 어서 와서 드세요."

회의용으로 사용되던 기다란 테이블에는 김이 모락모락 피어오르는 김치찌개가 올라와 있었다.

원래라면 배정된 전투 식량으로 때워야 했지만, 이번만큼은 지휘부의 권력을 발휘해 제대로 된 식사를 준비했다.

'사람이 배가 든든해야 싸움도 잘할 수 있으니까.'

강우의 입에 침이 고였다.

"고마워. 사람 숫자가 많아서 준비하기 힘들었지?"

"아뇨. 에키드나나 시훈 씨가 도와줘서 거의 한 것도 없어요. 간만 맞춘 정도예요."

"흐응! 강우. 나도 이제 김치찌개 만드는 법 배웠어."

에키드나가 의기양양한 표정으로 콧바람을 내뿜었다.

강우는 피식 웃으며 그녀의 머리를 쓰다듬었다. 에키드나가 그의 손에 고양이처럼 뺨을 비볐다.

자리에 앉았다. 강우의 자리에는 특별하게 세숫대야 크기의 그릇에 김치찌개가 담겨 있었다.

차연주가 질린다는 표정으로 강우를 바라보았다.

"그렇게 김치찌개가 좋냐?"

"그럼. 세상에 이것보다 맛있는 게 어디 있다고."

김치찌개는 진리다. 오롯하며, 경이로운 것이다.

강우는 경건한 자세로 젓가락을 들었다.

차연주는 어처구니없다는 듯 헛웃음을 흘렸다.

"아니, 뭐. 김치찌개가 맛이 없는 건 아닌데."

솔직히 세상에 이것보다 더 맛있는 게 어딨냐고 말할 정도는 아니었다.

한설아에게 듣기로는 일주일에 적어도 열 번 이상은 김치찌개를 먹는다고 들었다. 그것도 매번 4~5인분은 우스울 정도로. 아무리 좋아하는 음식이라도 그 정도로 먹을 수 있다는 게 신기할 노릇.

'뭐……'

차연주는 숟가락을 들며 가늘게 눈을 떴다. 허겁지겁 김치찌개를 먹기 시작한 강우의 모습이 보였다.

'그럴 만도… 한가.'

그의 과거를 떠올렸다.

만 년. 상상조차 할 수 없는 아득한 시간 동안 쌓아왔던 갈망. 먹지도, 마시지도, 즐기지도 못한 채 오로지 살아남는 것만을 생각해서 발버둥 쳐왔다는 것을 생각하면 납득가지 않는 일은 아니었다.

'뭐, 그렇게까지 좋아한다니까.'

차연주는 크흠, 하고 헛기침을 흘렸다.

'나중에 나도 한번 만들어줘 볼까.'

딱히 그에게 관심은 없지만 이제까지 신세를 진 것을 생각하면 자신이 직접 만들어주는 것도 나쁘지 않을 것 같았다.

차연주는 희미하게 달아오른 뺨을 숨기며 한설아 쪽을 바라보았다. 머릿속이 복잡했다.

달칵.

강우는 그런 그녀의 시선을 신경 쓰지 않고 밥그릇을 들었다.

우선 기다란 김치를 잡아 새하얀 쌀밥 위에 놓는다.

지방과 살코기가 절묘한 밸런스를 이루는 돼지고기를 잡아 김치 위에 올린 후 김치로 고기를 싸고 밥 한 숟가락을 크게 퍼서 입에 넣자 김치의 시큼한 맛과 함께 돼지고기의 육즙이 확 퍼진다.

"크으⋯⋯!"

전율에 몸을 떨었다.

몇 번 더 위의 과정을 반복한 후 미지근한 물을 밥에 넣었다. 양은 조금, 밥이 죽처럼 변할 정도로 살짝만 넣은 후 김치와 고기를 올려 먹었다. 적당히 식은 밥과 함께 입안에 행복한 맛이 퍼졌다. 미지근한 물에 밥을 만 후 김치찌개를 함께 먹으면 김치 특유의 시큼한 맛을 잡아줘 색다른 맛을 느낄 수 있었다.

"휴우. 잘 먹었어."

"출정길에 지치셨을 테니 평소보다 좀 더 양을 많이 했어요."

"고마워. 아, 그릇은 내가 치울게."

그릇을 말끔하게 비운 후, 설거지까지 마친 강우는 이내 자리에서 일어섰다. 배도 든든해졌으니 해야 할 일을 할 때였다.

"아, 설아야. 김치찌개 좀 더 해줄 수 있어? 좀 많이, 한 100인분 가까이."

"⋯⋯그걸 다 드시려고요?"

"아니. 누굴 좀 가져다주려고."

한설아는 고개를 갸웃거리더니 강우와 에키드나, 김시훈의 도움을 받으며 김치찌개를 끓였다. 출정에 나서기 전, 강우가 김치찌개에 필요한 재료를 바리바리 싸 왔기에 재료는 충분했다.

완성된 김치찌개를 냄비에 나눠 담은 후 커다란 박스에 넣고, 보온 마법으로 김치찌개의 온도를 유지한 강우는 준비가 끝났다는 듯 몸을 일으켰다.

"그럼 좀 다녀올게."

강우는 100인분의 김치찌개가 든 박스를 가볍게 들고 가디언즈의 본대에서 살짝 떨어진 곳에 자리 잡은 천사들의 진지로 향했다.

그곳을 지키고 있는 빛의 감시자들의 모습은 꽤나 초췌했다. 혹한의 날씨에 고통받고 있는 것이 아니다. 그들 또한 추위를 이길 방법을 생각해 둔 듯 보온 대책은 어느 정도 갖추고 왔다.

그들이 초췌한 이유는 하나.

'역시.'

강우는 주변을 살폈다. 정체를 알 수 없는 수프를 먹고 있는 그들의 모습이 보였다.

수프를 먹고 있는 것은 어디까지나 빛의 감시자들. 곳곳에 보이는 천사들은 각자의 무기를 점검하며 머지않아 있을 악마와의 전쟁에 대해서 얘기하고 있었다.

"여긴 무슨 일이십니까."

여섯 장의 날개를 지닌 천사가 다가왔다. 다른 천사들보다 입고 있는 갑옷도 고급스러웠고, 날개도 많았다. 날개에서 뿜어져 나오는 빛도 다른 천사들과는 비교하기 힘들었다.

"전 라파엘 님의 충실한 종, 샤르기엘이라고 합니다."

짧은 은발을 지닌 천사가 담담히 자신을 소개했다.

강우를 바라보는 샤르기엘의 표정은 좋지 않았다.

단순히 샤르기엘만이 아니다. 주변을 둘러싼 빛의 감시자들과 천사들도 날카로운 눈으로 강우를 노려보고 있었다. 라파엘의 선택에 의해 동맹을 맺기는 했지만 가디언즈에 대한 적대감이 남아 있기 때문.

'이러면 곤란하지.'

악마교와의 전면전이 머지않았다. 여기서 라파엘 측과 갈등이 남아 있으면 곤란했다. 갈등은 불신을 낳는다. 의심을 증폭시킨다.

그렇게 되면.

'내 맘대로 이용해 먹기 힘들지.'

이번 전쟁에서 천사의 역할은 컸다.

강우의 입가가 올라갔다.

고개를 돌려 샤르기엘을 바라보았다.

'라파엘의 오른팔쯤 되나.'

주변 분위기를 보니 대충 맞는 느낌.

강우는 김치찌개가 담겨 있는 커다란 박스를 내려놓았다.

"그건……."

"김치찌개입니다."

"김치찌개?"

샤르기엘이 이해할 수 없다는 듯 눈살을 찌푸렸다.

"며칠 간 천사와 빛의 감시자님들을 지켜봤는데… 아무래도 필요할 것 같아서요."

"괜찮습니다. 저희는 식량이 필요치 않습니다."

"그건 천사들의 입장이죠."

단호히 말한 강우는 손을 들어 빛의 감시자들을 가리켰다.

"저들의 모습이 보이지 않습니까? 저렇게 초췌해진 이유가 뭐라고 생각합니까?"

"그건 루드비히에 대한 슬픔과 분노에……."

"물론 그것도 있을 겁니다. 하지만 가장 중요한 이유는 이 거죠."

김치찌개의 뚜껑을 열었다. 솔솔 풍겨오는 냄새에 빛의 감시자들의 눈이 반짝였다.

그 모습을 보던 샤르기엘이 신음을 흘렸다.

"아……."

"인간에게는 먹을 것이 필요합니다."

"알고 있습니다. 그래서 따로 식량도 준비……."

"저건 식량이라고 부르기도 민망한 음식입니다."

강우의 말에 샤르기엘은 입을 다물고 이해할 수 없다는 듯 난처한 표정을 지었다.

강우는 그런 그의 반응을 보고는 가볍게 혀를 찼다.

'내가 이럴 줄 알았다.'

천사들은 악마와 같이 식사가 필요하지 않은 육체를 지니고 있었다. 그 때문에 그들은 인간에게 식사라는 것이 얼마나 중요한지 전혀 알지 못했다.

당연했다. 인간이 날개를 움직이는 감각을 모르듯, 그들 또한 '먹고 싶다는' 감각을 모른다. 그것이 인간에게 있어 얼마나 중요한지 이해하지 못한다.

싸구려 오트밀로 단순히 주린 배를 채우는 것만으로 인간은 만족할 수 없다. 그랬다면 애초에 요리라는 개념은 생겨나지도 않았다. 인간은 본능적으로 맛있는 먹거리를 갈망한다.

'하지만.'

라파엘 진영에서 빛의 감시자들은 어디까지나 천사를 섬기는 신도의 포지션. 상하 관계가 명확하게 나뉘어 있었다. 이등병이 병장에게 군대 밥 맛없다고 맛있는 것 좀 달라고 할 수 있겠는가? 빛의 감시자들은 침묵했고, 당연히 영양 부족으로 초췌해지기 시작했다.

'평소에는 대체 어떻게 지냈더냐.'

에르노어에서 왔을 당시만 해도 빛의 감시자들은 꽤나 멀쩡한 모습이었다. 아마 평소에 에르노어 대륙에서는 굳이 천사에게 말하지 않고 그들이 알아서 영양가와 맛이 있는 식사를 구해 먹었을 것이다.

하지만 이곳은 그들에겐 낯선 이세계. 먹을 걸 구할 수 있을 리가 없었다.

"……."

샤르기엘은 굳게 입을 다물었다. 그의 눈빛에 당황스러운 감정과 함께 놀라움이 스쳤다.

그는 고개를 돌려 사제들을 돌아보았다. 그들이 다급히 말했다.

"아, 아닙니다!"

"오트밀로 충분합니다!"

"빛을 섬기는 입장에서 어찌 식탐을 부릴 수 있겠습니까!"

쏟아지는 부정. 하지만 그것이 변명에 불과하다는 것을 그는 어렵지 않게 깨달을 수 있었다.

"그렇군요. 확실히 빛의 사제들에게 신경을 쓰지 못한 것이 맞는 것 같습니다."

샤르기엘은 담담히 고개를 끄덕이며 말을 이었다.

그의 대답에 사제들은 벌겋게 달아오른 얼굴로 강우를 향해 성큼성큼 다가왔다.

"네놈. 네가 뭘 안다고 그런 억측을 말하는가!"

"우리는 빛을 섬기는 몸. 이런 속세의 음식 따위 필요 없……."

달칵.

강우는 그들이 따지기 위해 다가오자 김치찌개가 담긴 냄비의 뚜껑을 동시에 열었다. 감미로운 냄새가 사제들에게 확 퍼져 나갔다.

"피, 필요 없……."

사제들의 표정이 굳었다.

"여러분."

강우는 방긋 웃었다.

"마음껏 드셔도 괜찮습니다. 샤르기엘 님도 신경 쓰지 못했다고 말씀하시지 않으셨습니까?"

"그, 그럴 수는……."

"피처럼 붉은 스프라니… 이, 이런 끔찍한 것을 먹을 순 없다!"

사제들이 외쳤다.

"자자, 그러지 마시고 한번 드셔보세요."

강우는 다정한 목소리로 말을 이었다.

"웃……."

"한번 먹어보고 그 다음에 결정해도 괜찮잖아요?"

악마의 유혹처럼 달콤한 말. 사제들은 그 말을 거부하기 힘들었다. 지구에 온 이후 한 달이 넘는 기간 동안 제대로 된 식사를 하지 못했으니까.

"……."

사제들은 서로의 눈치를 살폈다.

이내 앞으로 나선 한 사제가, 스푼을 들어 김치찌개와 밥을 한 번에 입에 넣었다.

"허, 허억!!"

두 눈이 부릅떠졌다.

"세, 세상에 이런… 어, 어찌 이런!!"

사제가 전율했다.

한설아가 요리를 잘한다고는 하나 저런 반응을 보일 정도로 대단한 것은 아니다. 중요한 것은 김치찌개라는 요리가 아닌 그들의 상황. 평소 천사의 눈치를 보느라 한 달이 넘도록 제대로 된 식사를 못했던 그들의 헛바닥은 개똥마저 맛있게 느껴질 정도로 절박해져 있었다.

"김치찌개라는 지구의 요리입니다."

"오오!!"

"김치찌개……!"

사제들은 허겁지겁 달려들어 다급히 김치찌개를 비우기 시작했다. 주린 배가 차오르자 그들의 눈빛이 변했다.

"크흠."

"앞으로 서로 함께 악과 맞서 싸워야 할 동료가 됐는데…
이거 미안하게 됐구만."

배가 차오르자 사제들의 시선이 변했다. 적대감에 차 있던
그들의 눈빛이 어느새 강우와 가디언즈에 대한 신뢰로 빛나고
있었다.

"음."

"대체 무슨 음식이기에……?"

천사들도 궁금하다는 듯 다가와 김치찌개를 먹기 시작했
다. 미각이 옅은 그들은 자극적인 매운맛에 반응했는지 놀랍
다는 듯 연신 감탄하며 김치찌개를 먹었다.

"앞으로 악마교와의 전면전이 있기까지 저희 쪽에서 식량을
나눠 드리겠습니다."

"아……."

천사들을 따라 호기심에 찬 표정으로 김치찌개를 먹던 샤
르기엘은 살짝 얼굴을 붉혔다.

"감사합니다. 제가… 이제까지 가디언즈를 착각하고 있었
군요."

그들의 적대감이 사르르 녹아내리기 시작했다.

강우는 그런 천사와 사제들의 모습을 바라보며 활짝 웃었다.

'역시 신뢰를 얻는 데는.'

김치찌개만 한 게 없다니까.

강우는 뿌듯한 표정으로 연신 고개를 끄덕였다.

눈 덮인 설원. 높게 솟은 봉우리를 따라 만 명에 달하는 사람들이 이동하고 있었다. 바로 인류의 희망이자 보루인 가디언즈였다.

세계 각지에서 모인 최상위 플레이어들은 악마교의 본 단으로 추정되는 곳으로 향해 묵묵히 발걸음을 옮겼다.

전쟁의 시작이 다가오면 다가올수록 플레이어들의 표정이 어두워졌다. 지난번 티베트에서 있었던 악마와의 전투가 떠오른 탓이다.

악마들을 내심 얕보고 있던 그들은 악마가 지닌 강력한 힘에 큰 좌절을 겪었다. 꾸준히 영토 수복 작전을 통해 실전 훈련을 거듭했다고는 하지만 이번 전쟁은 느낌부터가 달랐다.

세계에 파멸을 가져오리라는 예언의 악마와 싸우러 가는 일이니 당연한 일. 사실 탈영병이 생기지 않은 것만으로도 다행이었다.

많은 대화가 오갔고, 감정이 섞였다.

하지만 그러는 와중에도 시간은 흘렀다.

"여기가……."

"악마교의 본 단."

가디언즈는 긴장에 찬 표정으로 높이 솟은 설산을 올려다보았다.

정확히 말하면 이곳은 악마교의 본 단이 아니었다. 최대 규모로 추정되는 지부일 뿐. 하지만 사탄이 이 지부에 총력을 기울이면서 사실상 본 단이나 다를 바가 없는 상황이 되어버렸다.

추정 악마교도만 1만 이상. 여기에 그들이 소환한 악마까지 합친다면 얼마나 더 많은 병력이 있을지 알 수 없었다.

"전군 전투 준비!"

선두에 선 청년, 김시훈이 외쳤다. 내공을 타고 퍼져 나간 목소리가 산 전체에 메아리쳤다.

가디언즈는 긴장에 찬 표정으로 무기를 쥐었다.

"아, 악마다!"

그때, 원거리를 내다볼 수 있는 스킬을 지닌 플레이어 하나가 소리쳤다. 누구라고 할 것도 없이 그가 가리킨 방향으로 시선을 옮겼다.

강우 또한 마찬가지.

'더럽게도 많네.'

높게 솟은 산 곳곳에는 인위적으로 만들어진 거대한 문이 있었다. 그 문이 열리고 나타난 것은 무시무시한 숫자의 악마교도와 악마들.

'대충 2만쯤 되나.'

예상했던 것 이상으로 악마의 숫자가 많았다.

강우는 눈살을 찌푸리며 고지에 위치한 악마교의 병력들을 올려다보았다.

"크르르르르르."

"끼에에엑!!"

검은 로브를 입은 악마교도들 사이사이, 끔찍한 외형을 가진 악마들이 섬뜩한 울음을 흘렸다.

눈알이 수십 개가 돋은 악마, 뱀처럼 꿈틀거리는 머리칼을 지닌 악마, 몸 전체가 반으로 갈라져 내장이 훤히 보이는 악마. 악마 중에서도 일부러 가장 끔찍하게 생긴 악마를 뽑기라도 한 듯 선두에 선 악마의 모습은 흉측하기 짝이 없었다.

"허업."

"뭐, 뭐야 저게."

"전에는 저 정도는 아니었는데……."

효과는 바로 나타났다. 도를 넘어선 흉측함에 병력들 사이에 동요가 퍼졌다.

"정신 차려라! 겉모습에 현혹되지 마!"

김시훈이 단호한 목소리로 외쳤다.

하지만 어디 그게 말처럼 쉽겠는가. 시각은 감각의 대부분을 차지한다. 보는 것만으로 구역질이 나오는 외모를 지닌 악마들을 보고 멀쩡히 있기는 힘들었다.

거기에 더해서.

"뭐, 뭐야 이 냄새는?"

"히익!"

"우웁, 우웨에에엑!"

동요는 역병처럼 전염됐다.

바람을 타고 끔찍한 악취가 전해졌다. 썩은 고름의 냄새. 몬스터와의 전투에 익숙해진 플레이어들에게도 견디기 힘든 역겨움이었다.

"갈!"

쿵.

천무진이 일갈을 내뱉으며 발을 굴렀다. 그러자 혼란에 빠진 플레이어들의 눈빛이 살짝 돌아왔다.

"집중해라! 속을 게워내다가 허무하게 죽고 싶은가!"

날카로운 외침. 천무진의 목소리에 담긴 강력한 힘에 플레이어들은 꿀꺽 침을 삼켰다.

"키에에에에엑!!"

"더러운 빛의 종자들을 쓸어버려라!"

악마교가 본격적으로 움직임을 보이기 시작했다. 선두에선 검은 로브의 사제가 악마들을 통솔했다.

강우는 가늘게 눈을 뜨며 그들을 살폈다.

'아직 위상들은 모습을 보이지 않고 있는 건가.'

바글거리는 악마들 중 대공급의 존재는 보이지 않았다.

강우는 전면에 나서지 않고 약간 떨어진 후방 부대에 있었다. 그가 할 일은 선두 지휘가 아니었다. 별동대처럼 움직여 단순한 '물량'으로는 상대할 수 없는 대공급의 존재를 상대하는 것이 그의 역할. 강우는 전쟁의 정황을 살폈다.

"쿠어어어어!!"

쿠쿵!!!

10여 미터에 달하는 거체를 지닌 악마 하나가 손에 쥔 몽둥이를 들었다.

괴성을 내지르며 몽둥이를 내려찍자 그가 내려찍은 자리를 기점으로 마법진이 빛나며 거대한 폭발이 일어났다.

쩌적! 쿠르르르릉!

무언가 박살 나는 소리와 함께 설산에 쌓인 눈이 쏟아져 내리기 시작했다. 그리고 쏟아지는 눈덩이는 순식간에 그 몸집을 불렸다. 눈사태였다.

김시훈이 검을 뽑아들었다.

"스크롤을 찢어라!"

설산 지형에서의 전쟁을 준비하며 눈사태를 이용할 가능성에 대해서는 미리 예상해 두었다.

가디언즈가 지급된 스크롤을 동시에 찢었다. 곧 1만여 명에 달하는 가디언즈 전체를 뒤덮을 화염 보호막이 만들어졌다.

"아악!"

"제, 제길!!"

물론 그중에는 애매하게 범위에서 벗어나 눈사태에 휩쓸려 가는 인원도 있었다.

김시훈은 쓸려 나가는 병력들을 바라보며 거칠게 발을 박찼다.

"진군!"

전쟁의 시작을 알리는 김시훈의 외침.

눈 덮인 설산을 플레이어들이 빠른 속도로 타고 올라가기 시작했다. 그리고 악마교가 그에 호응하듯 설산을 타고 내려와 무기를 빼 들며 격돌이 시작됐다.

촤악!

"창룡난무!"

김시훈이 일부러 초식명을 외치며 검을 휘둘렀다.

미리 준비된 연출. 그를 중심으로 뻗어 나간 수십 개의 검기가 악마의 몸을 갈랐다.

조각 같은 외모를 가진 청년이 선두에 서서 악마들을 가볍게 학살하기 시작하자 사기가 끓어올랐다.

"죽여!!"

"이 더러운 놈들!"

플레이어들와 악마교의 본격적인 격돌이 시작됐다.

"빛의 종자들이여."

라파엘이 앞으로 나섰다. 그는 분노에 이글거리는 눈빛으로 악마들을 노려보았다.

오른손을 앞으로 뻗자 빛무리가 모여들며 기다란 창이 만들어졌다.

"어둠에 물든 자에게."

쿵.

거칠게 발을 구르자, 여덟 장의 날개가 활짝 펼쳐졌다.

"빛의 심판을."

"빛의 심판을!!!"

천사들이 날개를 펼치며 날아올랐다. 공중에서 가디언즈를 공격하는 악마들에게 천사들이 쏘아졌다.

천사와 악마. 빛의 섬기는 자들과 어둠을 섬기는 자들의 격돌. 신화의 한 장면처럼 거대하고 장엄한 전투가 펼쳐졌다.

쿵! 화르르륵!

"아악!!"

"죽어어어어엇!"

가디언즈와 악마교. 양쪽에서 빠른 속도로 피해가 확산됐다.

숫자 자체만 놓고 보면 악마교가 우세했으나 가디언즈에는 악마 이상의 힘을 지닌 강자가 있었다.

김시훈을 중심으로 한 천랑부대가 파죽지세로 악마교의

진형을 휘저었다.

'잘하고 있네.'

강우는 그 모습을 지켜보며 만족스러운 미소를 지었다.

김시훈과 천랑부대의 활약으로 악마들이 밀리기 시작했다.

'이대로 기다리면.'

날카로운 눈으로 입술을 핥았다.

'나오지 않고는 못 배기겠지.'

대공에게 물량전은 의미가 없다. 하지만 대공급 둘이 싸우고 있는 쪽에 어느 한쪽만 세력을 지니고 있다면 얘기가 달랐다.

대공이라고 무적이 아니다. 작은 생채기만 생기는 나약한 공격이라도 사방에서 쏟아진다면 신경이 쓰일 수밖에 없고, 일방적으로 세력을 지니고 있는 쪽에게 패배하게 된다.

결국 놈들은 자신이 지닌 세력이 모두 사라져 버리기 전에 모습을 보일 수밖에 없다.

"자, 이제 슬슬 그 무거운 엉덩이를 떨……."

그때였다. 무언가 이상한 것이 보였다.

강우는 눈살을 찌푸렸다.

"……저것들은 또 뭐야?"

검은 로브를 벗어 던진 채, 새하얀 알몸으로 밖으로 나온 악마교도. 숫자는 대략 500명 정도. 그들은 무릎을 꿇은 채 하늘 높이 손을 들어 올리고 있었다.

"어둠의 축복을!!"

"빛의 몰락을!!"

완전히 미쳐 버린 듯 광기에 찬 목소리가 전장을 울렸다.

섬뜩한 그들의 목소리에 전투를 치르고 있던 가디언즈의 시선이 그에게 집중됐다.

그리고.

콰드드드득!!

살점이 뜯겨 나간다. 내장이 튀어 오르며 뇌수와 장기들이 바닥에 쏟아진다. 끔찍하고 역겨운 모습. 그들이 시체가 뒤섞이며 검은 마기가 뿜어져 나왔다.

그리고 500명의 시체 사이를 잇는 검은 마기. 그 속에서 거대한 몸집의 괴수가 나타났다.

"크아아아아아아!!!"

붉은 피부의 괴수를 본 강우의 표정이 일그러졌다.

"바르바토스."

할키온과 같은 지성을 지닌 고대 마물은 아니었지만, 그에 거의 근접한 구천지옥의 마물. 일반적으로 서식지를 정한 후 그 밖으로 나오지 않는 마물과 달리 바르바토스는 전 지역을 나돌아 다니며 악마건 마물이건 공격하는 것으로 유명하다.

"쓰발……."

강우의 입에서 거친 욕설이 흘러나왔다.

바르바토스의 또 다른 특징.

'진짜 토 나오게 생겼네.'

온몸이 시체로 이루어진 괴물.

몸을 움직일 때마다 노란 고름이 폭포처럼 쏟아지고 무시무시한 악취가 전장을 가득 메웠다.

"우웩!!!"

"저, 저건 뭐야?"

"우욱! 우웨에에에엑!!"

'이건.'

상대가 나빴다.

가디언즈는 생전 보지도 못한 끔찍한 마물의 모습과 역겨운 악취에 구역질을 쏟아냈다. 거기에 더해 마물은 기본적으로 '육체적인' 스펙에서 악마를 압도한다.

강우는 손을 뻗었다. 황금빛 검이 손에 쥐어졌다.

가만히 있기에는 상대가 나쁘다.

쿵.

"역겨운 괴물이로군."

강우와 같은 생각을 했는지 라파엘도 빛나는 창을 쥔 채 앞으로 나섰다. 황금빛을 뿜어내는 영웅신의 사도와 새하얀 빛을 뿜어내는 대천사가 전장에 가세했다.

"어어?"

"와아!"

찬란한 빛의 등장에 가디언즈의 눈이 커졌다. 최전선에서 싸우던 천사와 빛의 감시자들의 표정이 밝아졌다.

"어둠에 물든 자에게."

"어둠에 물든 자에게."

강우와 라파엘. 황금빛과 순백의 빛을 휘감은 두 영웅이 동시에 입을 열었다.

"빛의 심판을!"

콰앙!!

강우가 발을 박찼다. 라파엘이 날아올랐다.

황금의 검 델 라인이 바르바토스의 머리를 쪼개고, 빛의 창이 몸을 꿰뚫었다. 기세 좋게 등장했던 바르바토스가 순식간에 목숨을 잃었다.

-드디어 나왔군.

바르바토스의 시체에서, 검은 균열이 나타나고 그 균열 속에서 어둠이 흘러나왔다.

장막처럼 둘러진 어둠. 붉은 악마 가면만이 떠올랐다.

"사탄."

강우는 검을 들어 올렸다.

"너를 심판하기 위해 왔다."

-이 천하의 개새……! 후우. 후우.

강우를 본 사탄의 목소리가 떨렸다. 그는 어떻게든 이성을 찾기 위해 노렸지만, 마음처럼 되지 않았다.

-라파엘!!

사탄이 외쳤다.

-알고 있는가? 네 옆에 저 인간이 위선(僞善)의 가면을 쓴 마왕이라는 사실을?

"……또 그런 같잖은 거짓을 말하는 거냐."

라파엘이 반응하기도 전에, 강우가 질린다는 목소리로 답했다.

쿠웅!!

거칠게 발을 구른 강우가 이글거리는 눈빛으로 사탄을 쏘아보았다.

"사탄!! 네놈의 악행은 이미 모두 만천하에 드러났다!"

-뭐? 이, 개…….

"나는 잊지 않는다! 우리는 잊지 않는다! 네가! 수호자 알렉을 죽인 것을!! 영웅신의 후예 레이날드를 죽인 것을!!"

-알렉? 레이… 뭐? 걔들은 또 누구야.

"같은 악마에게까지 그 이빨을 드러내며, 끔찍한 욕망으로 마해(魔海)를 채우려 했다는 것을!!"

-아니, 마해는 네가 가지고 있…….

"성자 루드비히를 타락시키고, 생명의 섭리를 거스르는 만행을 저지르려고 한다는 것을!!"

-이 정신 나간 새끼!! 루드비히를 타락시킨 건 네놈이 한 짓이 아닌가!!

　사탄이 절규했다.

　-알렉이고 레이날드고 난 모른다!! 빛의 감시자들이 지구에 왔는지도 몰랐단 말이다!! 들어라, 라파엘!! 모든 것은 다 저놈의 짓이다. 저놈이 다 꾸민 짓······.

　"닥쳐라, 사탄!!"

　쿠구구구궁!!!

　강우의 분노에 산 전체가 울렸다.

　지상에 태양이 강림한 듯 찬란한 황금빛이 뿜어져 나오는 그 경이로운 모습에 빛의 감시자들이 무릎을 꿇었다. 그들의 뺨을 타고 눈물이 흘러내렸다.

　가디언즈와 교류를 시작하면서 그들은 강우의 진정한 정체에 대해서 들을 수 있었다.

　영웅신 티리온의 사도. 어둠을 멸하는 빛. 그를 증명하듯 강우의 몸은 성력이 섞인 찬란한 빛으로 뒤덮여 있었다.

　강우는 델 라인을 들어 올렸다.

　"누가 감히 나를 모욕하는가! 누가 감히 나를 의심하는가! 누가 감히 나를 심판하는가!!"

　내가 바로 정의다!

　-아니 이 개······.

사탄은 치밀어 오르는 분노에 말을 제대로 잇지 못했다.

어둠이 출렁였다.

그는 고개를 돌려 라파엘과 천사들, 빛의 감시자들의 표정을 살폈다.

'제기랄.'

자신의 말을 조금도 믿고 있지 않다는 표정. 강우를 향하는 그들의 시선에는 확고한 신뢰가 담겨 있었다.

-하…….

사탄은 어처구니없다는 듯 헛웃음을 흘렸다.

천사의 신뢰를 얻는 것은 쉽지 않다. 보고 있으면 속이 터질 것처럼 고지식하고 융통성 없는 것이 바로 천사라는 족속들이다.

'대체 무슨 수로 천사들의 신뢰를 얻은 거지?'

이해할 수 없었다.

애초에 라파엘 측은 가디언즈에 대해 반감을 가지고 있었다. 마왕의 자작극으로 인해 그 의심이 풀렸다고는 하나 결국 루드비히를 지키지 못했다는 사실은 변함이 없다.

'그런데.'

지금 강우를 바라보는 천사들과 빛의 감시자들의 시선은 마치 끈끈한 정으로 이어진 동료를 바라보는 듯한 느낌이었다. 아니, 조금 과장되게 말하자면 충성심까지 엿보였다. 어쨌든 비정상적인 것은 매한가지.

"사타아아아아아안!!"

라파엘이 여덟 장의 날개를 활짝 펼쳤다.

사탄의 표정이 일그러졌다.

'어쩔 수 없나.'

여기서 무슨 수를 쓴다고 해도 라파엘의 의심을 마왕에게 돌릴 순 없다.

사탄은 손을 들었다. 어둠이 물결치듯 출렁이며 형태를 이뤘다. 그러자 칠흑의 검신을 가진 대검이 그의 손에 쥐어졌다. 분노. 그를 상징하는 지옥 무구.

"빛의 심판을!"

라파엘이 새하얀 빛을 쏟아내는 창을 내질렀다.

사탄은 움켜쥔 칠흑의 검을 들어 그 공격을 막았다.

콰과과과과광!!!

빛과 어둠의 충돌. 거대한 충격이 대지를 뒤흔들었다.

쩌적.

라파엘과 사탄의 격돌에 땅이 갈라졌다. 시야가 보이지 않을 정도로 쏟아지는 눈보라 속에서 격돌이 이어졌다.

-이 머저리 새끼가……!

사탄은 노기 섞인 목소리로 입을 열었다.

아무것도 모르는 채 마왕의 손에 놀아나고 있는 멍청한 천사. 그의 모습을 보는 것만으로 속에서 열불이 치솟아 올랐다.

팔을 당기자 칠흑의 검에 어둠이 맺혔다. 아래서 위로 검을 올려친다.

쿠드드드득!!!

대지가 뒤틀리며 분수가 솟아오르듯 어둠이 솟구쳤다. 라파엘이 풍차처럼 창을 돌리며 솟구치는 어둠을 막았다.

다시 한번 격돌. 고막이 터질 듯한 굉음이 전장의 뒤흔들었다.

-하아.

사탄의 눈이 광기로 번들거렸다.

이렇게 된 이상 피하고만 있을 수는 없다. 당하고만 있을 순 없다. 각오를, 살의를 다져야만 할 때.

황금에 휘감긴 채 역겨운 가면을 쓰고 있는 마왕을 노려보았다.

'그게 분노라는 거다.'

마왕의 목소리가 들려오는 것 같았다. 그를 조롱하는 눈빛, 비웃는 웃음소리가 머릿속을 가득 채우는 듯했다.

'감히.'

다른 누구도 아닌 분노의 대공에게 그런 말을 지껄이다니.

분노가 그의 몸을 잠식한다. 머리가 뜨거워진다. 타오르는 듯한 열기가 전신을 휘감는다.

붉은 악마 가면. 그 너머로 사탄의 눈자위가 검게 물든다. 노란 눈동자와 그를 가로지르는 길쭉한 동공이 나타난다.

-좋다.

열기와 분노가 섞인 목소리로 말했다.

'분노'를 두 손으로 움켜쥐고 대지를 향해 내려찍는다.

-서로 죽여보자, 마왕.

거대한 폭음. 라파엘과의 격돌로 갈라지고 있었던 대지가 완전히 찢어발겨지기 시작했다.

흙더미가 비산했다. 대지가 뒤틀리며 가시가 솟듯 거대한 암석들이 솟구쳤다. 그리고.

크그그그긍.

대자연이 비명을 지르는 듯한 소리. 두 번째 산사태가 가파른 경사를 타고 순식간에 그 몸을 불렸다.

사탄은 무너져 내리는 산을 내려다보며 검을 들어 올렸다. 박쥐의 날개와 같은 악마의 날개가 펼쳐지며 그의 몸이 공중에 떠올랐다.

'마왕.'

깊게 가라앉은 눈빛으로 마왕을 노려보았다.

그는 손에 쥔 거대한 크기의 검은 보석을 내려다보았다.

마의 근원. 그 근원에서 가져온 파편이었다. 아무 대책도 없이 라파엘과 마왕을 동시에 상대할 생각은 없었다.

'이거라면.'

마의 근원에 담긴 '신성'이라면 승산은 충분했다.

사탄은 눈을 빛냈다.

-와라!

칠흑의 검을 들어 올리며 외쳤다.

"안 가, 이 새끼야."

강우는 피식 웃었다.

'새끼, 여전히 중2병이네.'

느긋이 팔짱을 끼자 라파엘이 사탄을 향해 달려가는 모습이 보였다.

격돌하는 사탄과 라파엘. 강우는 그 모습을 가만히 지켜보았다.

'아직이야.'

지금 그가 움직일 이유가 없다.

물론, 라파엘과 협력해서 사탄을 공격하는 것도 방법이다. 1:1을 하는 것보다 2:1이 더욱 승률이 좋은 것은 생각할 일도 없으니까.

하지만.

"내가 다치지 않으려면 이게 더 좋지."

강우는 웃었다.

2:1로 싸웠을 때 사탄이 가장 먼저 노릴 것이 누구인지는

고민할 필요도 없다. 사탄의 분노는 자신을 향할 것이다. 그의 모든 공격은 라파엘이 아닌 자신을 우선할 것이다.

그렇게 되면. 싸움에서 피해를 입는 것은 자신과 사탄이 될 것이다.

'그렇게 둘 수는 없지.'

모든 상황은 자신의 손바닥 안에서 돌아가야 한다. 통제할 수 있어야 한다.

최악을 가정한다. 사탄이 과거 구천지옥에서보다 더욱 강력한 힘을 갖췄을 경우, 그와의 전투에서 자신이 크게 부상을 입을 경우, 그리고.

'라파엘이 뒤통수를 칠 경우.'

가능성은 낮다.

라파엘은 마기의 지배자 특성으로 감춰진 그의 마기를 찾아내지 못했다. 완전히 신뢰하는 것처럼 보이지는 않지만 적어도 그의 정체가 악마라고는 상상하지 못하고 있었다.

'하지만 모를 일이지.'

만약 전투 중에 라파엘이 자신의 정체를 알아낸다면? 부상을 입은 자신을 향해 창을 들이민다면? 그가 악마인 이상, 마해를 품속에 지니고 있는 이상 천사를 완전히 믿을 수는 없다.

'그리고.'

가늘게 눈을 떴다.

라파엘과 자신을 향해 자신만만하게 오라고 소리치는 사탄의 모습이 떠올랐다.

'뭔가 있겠지.'

숨겨둔 수가 없다면 저렇게 당당히 나서지 못한다.

그 '숨겨둔 수'라는 것에 자신이 당할 수는 없는 노릇. 만약 당한다고 해도 그 대상은 라파엘이 되어야 했다.

"자, 서로 박 터지게 싸우라고."

강우는 활짝 웃었다.

그가 지닌 무수한 권능 중에서도 미래를 알 수 있는 권능은 없다.

미래를, 앞으로 일어날 모든 일을 알 순 없다. 그렇다면 그가 할 수 있는 것은 한 가지. 모든 변수를 생각하는 것. 최악을 가정하는 것. 실패를 상상하는 것.

그리고.

'절대로 지지 않는 수를 두는 것.'

둘 중 누가 이겨도 상관없다.

사탄이 라파엘을 죽인다면 대천사라는 신뢰할 수 없는 존재를 배제할 수 있다. 라파엘이 사탄을 죽인다면 그 뒤에 그의 반응 살피며 대처할 수 있다.

루시퍼와 악마교가 싸웠을 때와 마찬가지.

직접 움직일 이유가 없다.

'무조건 내 힘으로 해결하는 건.'

멍청한 일이다. 모자란 일이다.

다른 방법이 없다면 모르지만 쉽고 편한 길이 있다. 손 빨며 구경만 해도 반 이상 가는데 왜 미련하게 고생을 사서 한단 말인가?

'적당히 변명이라도 만들어둘까.'

너는 대체 사탄과 싸우는 동안 뭘 했냐는 말이 나올 수 있었다. 그것만 대비해 두면 된다.

그리고 대비하는 것은 어렵지 않다.

'여기에 벨페고르랑 혈마객이라는 놈도 있다고 했지.'

아직 모습을 보이지는 않았지만, 놈들을 이용하면 됐다.

"자, 그럼."

지금 할 일은 하나.

'위색의 권능.'

강우는 위색의 권능으로 응원 봉을 만들어냈다. 그리고 손가락 사이사이에 낀 채, 열심히 양팔을 휘둘렀다.

'플레이! 플레이!'

라파엘 오빠아아아아아아!

사탄 오빠아아아아아아!

'아무나 이겨라!'

◆ 2장 ◆
넌 아직 준비가 안 됐다

빛의 창이 그를 쫓는다. 칠흑의 검을 들어 휘두르자 검은 마기의 파도가 검의 궤적을 따라 뿜어져 나왔다.

'아니.'

거친 숨이 토해졌다. 사탄은 이해할 수 없다는 표정으로 라파엘의 공격을 튕겨냈다. 라파엘과 전투를 이어가고 있지만 정작 정신은 딴 곳에 팔려 있었다.

'왜 안 와.'

마왕이 참전하지 않는다.

애초에 2 대 1이 될 것이라고 상정한 전투. 라파엘과 마왕이 자신을 협공하리라 예상했다. 그리고 당연히 그에 맞춰서 계획을 짜두었다.

'근데 왜 안 오냐고.'

콰아앙!

칠흑의 검과 창이 격돌했다.

사탄은 손을 당겼다. 검 자루를 움켜쥐며, 위에서 아래로 그었다. '분노'의 칼날이 지나간 궤적을 따라 마기의 칼날이 뭉쳐 응축됐다.

폭발하듯이 칼날이 쏟아진다.

'절멸의 권능.'

닿는 물체를 갈기갈기 찢어버리는 사탄의 권능. 폭발하듯 쏟아진 칼날에 절멸의 권능이 담겼다.

"소용없다!"

라파엘이 창을 뒤로 당겼다.

그가 허공을 밟듯, 진각을 밟으며 빛의 창을 내질렀다. 창을 내지른 곳을 중심으로 수백, 수천 개의 환영이 생겨났다.

아니, 환영이 아니다. 수천 개로 불어난 빛의 창이 둥그렇게 모였다.

투두두두두두!!

칼날과 창이 부딪친다. 수천 번의 천둥이 몰아치듯 하늘이 굉음으로 가득 찼다. 끔찍한 충격이 주변을 휩쓸며, 눈보라를 쏟아내고 있던 먹구름이 폭발하듯 터져 나갔다.

태양 빛이 환하게 대지를 비췄다.

-제길, 제기랄!

사탄의 입에서 거친 욕설이 흘러나왔다. 계획이 틀어졌다.

그는 품속에 고이 모셔둔 '마의 근원'을 느꼈다. 마왕과 라파엘. 두 놈을 모조리 범위 안에 둬야 했다.

아직 그는 마의 근원의 힘을 완전히 다루지 못한다. 기회는 많지 않다. 비장의 수가 괜히 비장의 수겠는가. 자유롭게 쓸 수 있다면 처음부터 사용했다.

'그런데.'

안 온다. 라파엘과의 전투를 이어가며 아무리 기다려도 오지 않는다.

-와라, 마왕!!

절규했다.

-나와 싸우란 말이다!!

대체 왜 여기까지 와서, 이 정도로 그를 궁지에 몰아넣고서는 모습을 보이지 않는단 말인가.

미칠 것만 같았다.

콰앙!!

-라파엘! 마왕은 어디 있지?

"완전히 미쳐 버렸군."

라파엘은 혀를 찼다

마왕이라니, 대체 무슨 헛소리란 말인가.

"마왕은 네놈이 아닌가."

날카롭게 눈을 빛냈다.

마해를 품은 예언의 악마. 666가지에 달하는 권능의 주인. 그 악마를 마왕이 아닌 뭐라고 불러야 한단 말인가.

-제길! 오강우! 그 개자식은 어디 있냐는 말이다!!

"내가 인간의 힘을 빌려 너를 상대하리라 생각한 건가."

라파엘은 어처구니없다는 듯 헛웃음을 흘렸다.

오강우라는 인간이 영웅신 티리온의 힘을 이어받았다는 것은 익히 알고 있었다. 하지만, 그렇다고 해서 대천사가 인간의 도움을 바라며 마왕을 상대할 수는 없는 노릇.

"루드비히의 복수는 내 손으로 이루겠다!"

라파엘은 단호히 외쳤다.

-아니, 이런 X발.

사탄은 답답해 미칠 것 같다는 목소리로 말했다.

그는 루드비히의 얼굴조차 알지 못했다.

'어디 있는 거냐, 마왕.'

사탄은 다급히 눈을 굴려 마왕을 찾았다.

그때, 눈을 자극하는 빛이 보였다. 무너진 암석의 잔해 속, 남들 눈에 띄지 않는 은밀한 장소에서 이곳을 올려다보는 마왕의 모습이 보였다.

-저, 저저저저 개자식이……!

형광으로 빛나는 응원 봉을 든 채, 흥미진진하다는 눈빛으로 전투를 직관하고 있는 마왕의 모습. 그는 자신과 라파엘의 싸움을 부추기고는 안전한 장소에 숨어 낄낄 웃고 있었다,

-이, 이 쓰레기 같은… 천하의 개자식이 감히!!

분노가 임계점을 넘어선 사탄이 뒷목을 붙잡았다.

-어억.

순간적으로, 시야가 흐려지고 세상이 거꾸로 돌아갔다.

사탄의 몸이 바닥에 쓰러졌다.

"아악!!"

"커헉!"

눈과 흙이 섞인 거대한 파도가 플레이어들을 휩쓸었다.

김시훈이 다급히 검을 들며 외쳤다.

"두 번째 스크롤을 찢어라!"

다급한 외침. 두 번째 스크롤을 찢자 반투명한 보호막이 플레이어들을 감쌌다.

하지만 처음 사용했던 화염 방벽 스크롤만큼의 효과는 없었다. 곧 보호막이 박살 나며, 산사태에 휩쓸리는 플레이어들이 속출했다.

김시훈은 고개를 돌렸다.

"제길!"

방금 전 몰아닥친 두 번째 산사태. 화염 방벽 스크롤도 이미 사용해 버린 상태에서 몰아닥친 그 산사태는 많은 부상자를 만들어냈다.

"자기 부하들이 당해도 상관없다는 건가."

김시훈은 거칠게 입술을 깨물었다.

처음과 달리 두 번째 눈사태는 가디언즈만 영향을 받은 것이 아니다. 아니, 오히려 보호 스크롤이 전혀 없는 악마교 쪽이 더욱 큰 피해를 입었다. 쏟아지는 흙과 돌, 눈에 휩쓸려 내려가는 악마교도의 모습이 보였다.

"아아악!"

"사, 살려줘!!"

끔찍한 비명 소리.

김시훈은 악마교도들이 휩쓸려 가는 방향을 바라보았다. 흙과 암석의 파도가 흘러가는 방향을 확인한 그는 두 눈을 부릅떴다.

"저긴……."

가디언즈의 후방 부대가 위치한 장소. 부상자의 치료 및 지휘명령을 하달하는 부대. 그리고.

"가이아 씨……!"

가이아가 있는 장소였다.

김시훈은 혼란에 빠졌다. 머릿속이 새하얗게 변하는 감각.

'정신 차려, 인마.'

강우의 목소리가 들렸다.

진짜 강우가 말을 한 것은 아니다. 환청, 혹은 스스로에게 거는 최면과도 같은 말. 하지만 효과는 확실했다.

깊게 숨을 들이쉬고, 침착하게 상황을 살폈다.

'막아야 해.'

산사태가 후방 부대를 덮치기 전, 자신이 막아내야 했다.

'하지만.'

어떻게 인간의 몸으로 자연재해를 막아낸단 말인가.

자연재해를 일으키는 것과 막아내는 것은 엄연히 다른 개념이다. 대량의 폭탄만 있으면 산사태를 일으키는 것은 어렵지 않지만 이미 일어난 산사태를 인간의 힘으로 막아내는 것은 불가능에 가까웠다. 아무리 그가 무신의 힘을 이어받은 강자라고 해도.

"크읏."

김시훈은 발을 박찼다.

'해야 해.'

할 수 없다니. 그딴 생각을 하고 있을 시간에 발을 움직여야
했다.

'천룡질주.'

몸을 쥐어짜 내듯, 두 다리에 힘을 줘 쏟아져 내리는 산사태
의 뒤를 쫓는다.

'속도는 빠르지 않아.'

밑으로 내려갈수록 급격했던 경사가 완만해진다. 2차 스크
롤을 사용한 방벽으로 그 기세를 줄였기에 규모 자체도 상당
히 약해져 있다.

'따라잡을 수 있다.'

마치 파도처럼 출렁이는 땅.

김시훈은 거칠게 발을 구른 후 양팔을 뻗었다.

'이기어검.'

검을 조종한다.

전투 중 죽은 플레이어들의 무기가 허공으로 떠올랐다. 수십 개
의 검이 허공에 떠올라 허공에 만들어진 징검다리의 역할을 했다.

"크읏."

동시에 이 정도로 많은 검을 동시에 컨트롤한 것은 처음. 뇌
가 녹아내릴 듯 머리가 뜨겁고 단전의 내공이 날뛰기 시작한다.

'해야 해.'

김시훈의 눈이 날카롭게 빛났다.

하지 않으면, 가이아가 있는 곳에 산사태가 쏟아진다.

탁, 타닥, 탁!

허공을 질주한다. 징검다리처럼 일정한 거리로 놓여 있는 검들을 밟으며 달린다.

뜨거워지는 머리에 시야가 흐릿하게 변했다.

"으, 아아아!!"

생각한다. 내공의 운용을, 이기어검의 묘리를, 보법의 신비를 떠올린다.

'침착해.'

다시금 강우의 목소리가 들린다.

고개를 끄덕였다. 피가 나도록 입술을 깨물었다.

['천룡신법'의 성취가 상승했습니다.]

시스템 메시지가 떠올랐다.

무시하고 거칠어진 숨을 몰아쉬며 허공을 질주했다.

쿠그그그그궁!

'따라잡았다.'

쏟아지는 흙과 암석의 파도. 그 파도에 휩쓸린 악마들의 몸이 짓뭉개져 터져 나간 것이 보였다.

'더 앞으로.'

산사태가 쏟아지고 있는 가장 앞쪽으로 가야 했다.

김시훈은 다시금 발을 박찼다.

아무것도 없는 허공이 보였다. 더 이상 밟을 검이 없었다.

'그렇다면,'

고개를 내려 아래를 살폈다.

파도가 치는 것처럼 쏟아져 내려오고 있는 흙과 암석. 그곳에 발을 디뎠다. 어마어마한 흙의 압력이 다리를 빨아들였다.

"흐읍."

깊게 숨을 들이쉬고 두 발에 내공을 집중한다.

'읽는 거야.'

흙의 흐름을, 땅의 움직임을 두 발로 느낀다. 조금 더 단단한 쪽을 밟으며 발을 옮긴다.

수면 위를 달리는 것보다 더욱 위험천만한 곡예. 김시훈은 흙의 파도를 질주했다.

탁.

"하아, 하아."

김시훈의 입에서 거친 숨이 흘러나왔다.

쏟아지는 산사태를 앞질러 달려온 그는 좁은 길목에 도착했다. 이곳을 넘어가면, 가디언즈의 후방 부대가 있는 곳이다.

'지킨다.'

무슨 수를 써서라도.

검을 들었다.

우우웅!

새하얀 빛을 뿜어내는 대검이 손에 쥐어졌다. 양손으로 검 자루를 쥔 채, 자세를 취했다.

검을 머리 위까지 들어 올리고 내공을 집중했다.

그때였다.

-네놈이 그 김시훈, 이라는 놈인가 보군.

휠체어에 앉은 악마가 그의 앞에 모습을 보였다.

김시훈의 표정이 거칠게 일그러졌다.

'제기랄.'

상황이 좋지 않았다. 지금은 갑작스럽게 등장한 저 악마에 게 신경 쓸 여유가 없다.

-쯧쯧, 아주 필사적이로군. 지치지도 않나?

휠체어에 탄 보랏빛 피부의 악마, 벨페고르가 낄낄 웃음을 터뜨렸다.

그는 곧 나른한 표정으로 하품을 내쉬었다.

-뭐, 어쨌든 마왕 놈이 널 그렇게 아낀다며?

벨페고르가 손을 뻗었다. 손에서 뻗어 나온 짙은 마기가 그물처럼 넓게 펼쳐지고 마기의 그물이 그를 덮쳤다.

"크흑!"

김시훈은 침음을 삼켰다.

'제기랄!'

초조함이 밀려왔다.

산사태를 막지 않으면 후방 부대가 당한다. 그렇다고 지금 여기서 산사태를 막고 있으면 정체 모를 악마에게 당한다. 최악의 상황.

"형……!"

두 눈을 질끈 감는다. 절체절명의 상황. 강우의 얼굴이 떠올랐다.

콰아앙!

-으음?

강렬한 폭음과 함께 마기의 그물이 거대한 손에 잡혔다.

뜨득.

마기의 그물이 거대한 손에 의해 찢겨 나갔다.

"발록……?"

-곤란에 처한 것 같군.

발록이 씨익 웃었다.

김시훈의 몸에 짜릿한 전율이 일었다. 지금 이 순간만큼은 발록의 흉악한 외모조차 더없이 멋지게 느껴졌다.

"저놈은 대체……."

-아아, 저기 의자에 앉아 있는 병신의 이름은 벨페고르라고 한다. 꼴에 대공이지.

-뭐? 병신? 이런 개…….

벨페고르가 표정을 일그러뜨렸다.

발록은 김시훈의 어깨를 가볍게 쳤다.

-저놈은 내가 맡지. 넌 네가 할 일을 해라.

"……."

김시훈은 굳게 입을 다물었다.

짧게 이어진 고민. 김시훈은 이내 고개를 끄덕였다.

"부탁한다, 발록."

벨페고르의 방해로 타이밍을 놓쳤다. 더 아래쪽으로, 아예 후방 부대가 배치해 있는 곳으로 내려가 산사태를 막아야 했다.

김시훈이 몸을 돌려 산 아래로 질주했다.

-자, 그럼.

발록이 몸을 돌렸다.

우득, 우드득.

두 주먹을 굳게 쥐며 한껏 입가를 비틀어 올렸다.

-시작해 볼까.

"네놈이 그 마왕이란 놈이로군."

"응?"

열심히 응원 봉을 흔들며 라파엘을 응원하고 있던 도중, 뒤쪽에서 목소리가 들려왔다.

강우는 천천히 몸을 돌렸다. 전신을 피 묻은 붕대로 둘러싼 괴인이 있었다. 녹이 잔뜩 슬어 있는 도에 핏빛 마기가 일렁였다.

"아, 네가 혈마객이란 놈이구나?"

강우는 피식 웃으며 물었다.

전신을 피 묻은 붕대로 둘러싼 괴인, 혈마객은 나지막이 고개를 끄덕였다.

"그렇다."

"햐, 새끼 살벌하게도 생겼네. 녹슨 검은 콘셉트냐?"

"뭐?"

"캬. 멋진데 그거? 뭔가 '나는 무기에 의존하지 않는다' 뭐 그런 느낌이야. 콘셉트 괜찮네."

연신 고개를 끄덕였다. 날이 번쩍 선 검보다 뭔가 음산한 느낌이 마음에 들었다.

"하."

혈마객의 입에서 헛웃음이 흘러나왔다.

"듣던 것 이상으로 미친놈이군."

"이 자식 이거 초면에 지랄이네. 나 알아, 인마? 어? 싸가지

없게 만나자마자 미친놈이 뭐야, 미친놈이."

강우는 눈살을 찌푸렸다.

혈마객의 눈빛이 분노에 물들었다. 그는 헛웃음을 흘리며 녹슨 도를 쥐었다.

"말이 통하지 않는 놈이군."

"아니, 뭐 적어도 말다운 말을 하고 나서 그딴 소리를 해라 이 자식아. 너 처음 대사 이후에 그렇다, 뭐?, 하. 이렇게 세 마디 했어. 시파 그런 다음에 말이 통하지 않네 어쩌니 하니까 개억울하네."

세상 억울한 목소리로 말했다.

도를 쥔 혈마객의 손에 절로 힘이 들어갔다.

'이게 마왕이라고?'

어처구니가 없었다.

무릇 마왕이라면 그 이름에 걸맞게 중후하고 무거운 맛이 있어야 하지 않은가. 사탄과 벨페고르가 그렇게 두려워하는 존재를 직접 만나니 실망감이 이루어 말할 수가 없었다.

'하오방의 잡배들과 다를 바가 없군.'

말투도 가볍고, 저열한 욕설도 잔뜩 섞여 있다. 마왕이라기 보단 골목에 돌아다니는 양아치와 같은 느낌.

혈마객은 실망감이 가득한 표정으로 강우를 바라보았다.

"그래도 인간의 몸으로 악마의 정점에 올랐다기에 기대했거 늘……."

"아, 맞다. 인간의 몸 어쩌고 하니 나도 궁금한 게 있는데."

강우는 팔짱을 낀 채 물었다.

"너도 일단 인간 맞지?"

에르노어 대륙에 대해서도 아는 게 많이 없었지만 환 대륙은 그 이상이다. 그곳이 진짜 사람이 사는 곳인지 아닌지도 확실치 않았다.

'일단 체격은 인간인데.'

전신을 붕대로 둘둘 감고 있으니 잘 알 수가 없었다.

혈마객은 입가를 올렸다.

"그렇다. 정확히는 '인간'이었지."

쿵.

그는 녹슨 도를 들어 거칠게 내려찍었다.

"하지만 더 이상은 아니다. 나는 인간의 한계를 극복하기 위해 지난 천 년의 시간, 마공을 연마했다."

그리고 비릿한 미소를 지었다.

"감히 네놈이 상상할 수 있겠느냐. 천 년. 그 아득한 시간 동안 마(魔)의 육체를 제어하기 위해 얼마나 많은 고난을 겪었는지."

마왕에 대해서 들은 바로 그는 포식의 권능이라는 힘으로 아무 고난 없이, 대가도 없이 마(魔)의 힘을 받아들였다고 한다. 그가 마공을 완성하기 위해 기나긴 세월을 수련한 것에 비하면 이 어찌 불공평한 일인가.

'대공들도 그랬지.'

그들은 태어나자마자, 아무런 대가도 없이 거대한 힘을, 지배자의 운명을 타고난다. 이 얼마나 불공평하고 불합리한 일이란 말인가.

"아무 대가도, 고난도 없이 성취한 힘에는 그 한계가 있다. 오늘, 내가 이 자리에서 그 사실을 증명해 주겠다."

혈마객은 마기를 끓어 올렸다. 대공들에게 마왕에 대해 주의를 들었지만, 그는 납득할 수 없었다.

'인간으로 태어난 자가 나보다 마기를 더 잘 다룰 리가 없다.'

마기를 제어하는 데만 천 년의 시간을 투자했다. 그 근본이 같은 인간이라면 자신이 패배할 리가 없다. 그렇게 생각했다.

녹슨 도신에 핏빛 기운이 맺힌다.

"천 년?"

강우는 피식 웃었다.

"비빌 걸 비벼야지 인마."

그가 몸을 일으켰다.

두 팔을 뻗었다. 지옥불로 이루어진 쌍날 검이 손에 쥐어졌다.

"넌 아직 준비가 안 됐어."

-하.

벨페고르의 입에서 헛웃음이 흘러나왔다.

그는 어처구니없다는 듯 발록을 노려보았다.

-발록, 미친 거냐?

벨페고르는 표정을 일그러뜨렸다.

의자에 늘어지듯 앉은 채 턱을 괴었다.

가늘게 눈을 떴다.

발록. 마왕군의 실질적인 이인자이자, 마왕의 총애를 받고 있는 악마. 그 힘은 타 대악마급과는 격을 달리하며 대공과도 견줄 수 있다고 알려져 있다. 하지만.

-감히 나, 벨페고르를 혼자 상대하겠다고?

결국 그는 대공이 아니다.

대공과 다른 악마들 사이에는 절대적으로 메울 수 없는 격차가 있다. 아무리 마왕의 힘을 이어받는다고 해도, 아무리 다른 대악마들 사이에서 최강이라고 불린다고 해도, 그것뿐. 대공을 이길 수는 없다.

대공이라는 존재는 태어나면서부터 지배자가, 절대자가 될 운명을 타고난 존재. 드넓은 구천지옥 전체를 뒤져도 고대 마물을 제외하면 대공과 단신으로 싸울 수 있는 존재는 없다.

-왜, 두렵나?

발록은 피식 웃으며 물었다.

-하.

벨페고르의 입에서 다시금 헛웃음이 터졌다.

그는 고개를 숙인 채 터져 나오려는 웃음을 끅끅 참았다.

-천 년 전쟁을 이기고 정신 줄을 놓아버렸군.

벨페고르는 발록을 향해 천천히 손을 뻗었다.

-명심해라, 발록.

나지막이 말을 잇는다.

-승리한 것은 마왕이다. 네가 아니야.

-맞는 말이다.

발록이 손을 저었다. 검은 균열에서 검붉은 화염이 타오르는 채찍이 나타났다.

채찍을 쥐고 입가를 비틀어 올렸다.

-그리고 넌 패배했지.

-…….

벨페고르는 굳게 입을 다물었다. 그리고 날카로운 눈으로 발록을 쏘아보았다.

천 년 전쟁. 기나긴 전쟁과 쓰라린 패배의 기억이 떠올랐다.

굉장히, 불쾌해졌다.

-마왕의 밑에 있으니 정말 세상 무서운 줄 모르고 나대는군. 고작해야…….

벨베코르는 비릿한 조소를 머금었다.

-주인을 지키지 못한 패잔병 따위가 말이야.

-…….

패잔병. 그 단어에 발록의 눈썹이 아주 살짝 흔들렸다.

-벨제부브는 완전히 잊었나? 그래도 한때 너의 주인이었지 않은가.

벨페고르는 낄낄 웃었다.

벨제부브, 폭식의 대공. 그는 대공 중 유일하게 그 자리를 다른 악마에게 빼앗긴 악마였다.

벨제부브를 죽이고 그 자리를 차지한 것이 바알. 천 년 전쟁이 있기 전 가장 큰 규모의 전쟁이 바알과 벨제부브의 전투였다.

그 전투에서 벨제부브는 패배했다. 대공의 좌를 빼앗기고, 지옥 무구조차 새로운 주인으로 바알을 인정했다.

벨제부브의 권속들은 바알에게 무참히 뜯어 먹혔다. 피육이 찢어지고, 끔찍한 고통 속에서 죽어갔다. 단 한 명의 권속을 제외하고.

바알의 손에서 살아남은 악마. 당시 벨제부브를 섬기던 가장 충직한 그 악마의 이름은 '발록'이었다.

-아아, 그때 네 모습이 떠오르는군. 주인을 잃은 채, 욕망을 약탈당한 채 썩은 시체의 눈을 하고 있던 패배자의 모습이 말이야.

-…….

-크크크. 그때 악마로서 가장 비참한 죽음을 맞이하기 위해 마왕을 찾아갔던가?

발록과 마왕의 첫 만남. 구천지옥에서도 꽤나 유명한 일화였다.

당시 악마에게 가장 비참한 죽음은 '인간의 손에 죽는' 것이라고 생각한 발록은 마왕에게 찾아갔고 죽음을 구걸했다. 주인을 지키지 못한 죄책감을 비참한 죽음을 통해 해소하기를 갈망했다.

-……설마 그 인간이 마왕이 될 줄은 몰랐지만 말이야.

가장 비참한 죽음을 맞이하기 위해 찾아간 인간이 설마 구천지옥을 지배할 마왕이 될 줄이야. 당시 그 누구도 상상하지 못한 일이었다.

벨페고르는 마왕에 대해서 떠올리기도 싫다는 듯 고개를 저었다.

-근데 지금도 궁금하단 말이야. 그때 마왕은 너보다 오히려 약했을 텐데 왜 그를 섬겼지? 응? 새로운 주인이 그렇게 고팠나? 참 통곡할 일이야. 벨제부브가 지금 네 모습을 보면 얼마나 슬퍼할까?

-벨페고르.

-푸흡, 하하하하!! 그렇게 충성을 맹세했던 주인이 죽으니 바로 손바닥 뒤집듯 주인을 갈아치우다니.

쯧쯧. 한심하다는 듯 혀를 찼다.

-이래서 개새끼는 애지중지 키워봐야 소용없다니까.

콰아앙!

굉음이 울렸다.

발록의 거체가 숫구치듯 공중으로 튀어 올랐다. 검붉은 화염에 휘감긴 채찍이 눈부신 속도로 휘둘러졌다.

-흥.

벨페고르가 코웃음 쳤다.

앞으로 뻗은 손을 타고 권능이 뿌려졌다.

정지의 권능. 일정 구역의 시간을 극단적으로 느리게 만드는 권능의 힘이 채찍을 구속한다. 그러자 음속을 넘는 속도로 휘둘러지던 채찍이 보이지 않는 손에 붙잡힌 듯 공중에 정지했다.

탁!

일 초의 망설임도 없이 채찍에서 손을 뗀다. 날개를 펄럭여 쏟아지듯 땅으로 내려온다.

깍지를 낀 손으로 땅을 내려찍자 포탄처럼 비산하는 암석.

쿠구구구구궁!!

순간적으로 시야가 차단된 벨페고르의 표정이 일그러졌다.

일정 구역의 시간을 극단적으로 느리게 만드는 정지의 권능. 그 권능의 제한 조건은 '시야가 닿는 범위'였다. 때문에 시야가 차단되며 정지의 권능이 풀렸다.

비산하는 암석 사이에서 발록의 몸이 튕겨지듯 나타났다. 그리고 암석을 연상케하는 거대한 주먹이 벨페고르의 머리를 후려쳤다.

파앙!!

벨페고르가 앉은 의자가 빠른 속도로 뒤로 물러났다.

주먹이 닿기 직전, 정지의 권능으로 아슬아슬하게 얼굴을 보호하는 데 성공했다.

-크윽!

하지만 완전히 보호할 수는 없었다. 발록의 주먹이 뿜어낸 마기를 얻어맞은 벨페고르의 입에서 검은 피가 흘렀다.

발록은 등을 곧게 편 채, 깊게 가라앉은 목소리로 말했다.

-헛바닥이 길군. 몸은 게을러도 입은 부지런하다 이건가?

-…….

벨페고르의 표정이 일그러졌다. 마왕도, 대공도 아닌 고작 발록 따위에게 선공을 허용했다는 사실에 수치심이 밀려왔다.

-이 하찮은 패잔병이……!

벨페고르가 양팔을 뻗었다.

정지의 권능으로 만들어진 시간의 칼날. 보이지도, 들리지도 않는다. 일정 공간의 시간을 비틀어 대상을 베어내는 무형의 검이 발록에게 쏟아졌다.

촤악!

발록은 웅크리듯 몸을 낮췄다.

마기를 몸 전체로 내뿜었다. 무형의 검에 마기가 닿자 그 부분만 마기의 흐름이 극단적으로 느려졌다.

발록은 눈을 감았다. 벨페고르의 공격은 보이지 않는다. 눈을 사용하는 것이 오히려 방해된다. 오로지 마기를 통해 느껴지는 감각만으로 모든 공격을 피해낸다.

5미터의 거구라고는 상상할 수 없는 재빠른 동작으로 공격을 피해낸 후, 벨페고르의 앞으로 다가갔다.

오른 주먹을 움켜쥐었다. 바닥에 떨어진 채찍이 살아 있는 생명처럼 날아와 그의 주먹을 감쌌다.

검붉은 화염이 타오르는 주먹. 몸을 비틀어 주먹을 뒤로 당겼다.

-통할 것 같으냐!

벨페고르의 입가에 비웃음이 서렸다.

그는 정지의 권능으로 몸을 감싸는 방벽을 만들었다. 피부 위에서 5센티. 이 안에 들어오는 모든 물체는 극단적으로 느려진 시간 속에서 정지한다. 절대라고 불러도 좋을 보호막.

-하늘.

왼발을 앞으로 내뻗은 자세에서 굳게 대지를 밟는다. 어깨를 당기며 자세를 낮춘다. 모든 힘을 한 점에.

발록은 폭발하듯 주먹을 내질렀다.

-부수기.

콰아아아앙!!!

그의 주인, 강우의 기술. 단순히 주먹을 내지르는 것에 불과했지만 그 안에 담긴 묘리는 생각 이상으로 복잡하다. 허리에서부터 어깨, 어깨에서부터 주먹으로 이어지는 마기의 흐름을 일일 통제한 후, 주먹을 내뻗는 그 한순간에 폭발시킨다.

물론 이런 방법을 사용하면 발록 자신도 어마어마한 반탄력에 휩쓸릴 수밖에 없다.

하지만, 발록에게는 다른 악마에게는 없는 특성이 하나 있었다. 마갑(魔鉀). 그가 의식하지 않아도 피부 위에 깔린 강력한 마기의 보호막. 발록이 지닌 그 특성이 주먹을 보호했다.

그리고.

-커헉!!!

활처럼 휘어지는 벨페고르의 몸. 의자와 함께 벨페고르의 몸이 바닥을 거칠게 뒹굴고 검은 피가 한 움큼 쏟아졌다.

-어떻, 게?

이해할 수 없다는 듯 벨페고르는 발록을 보았다.

발록의 주먹에 담긴 힘이 아무리 강하다고 하더라도 시간의 흐름을 통제하는 그의 권능을 넘어서 공격할 수는 없었다. 그래야 했다.

-제길, 제길, 제길!!

벨페고르는 바닥에 손을 짚은 채, 거친 욕설을 쏟아냈다.

발록은 바닥에 쓰러진 벨페고르를 향해 천천히 다가갔다.

패잔병. 씁쓸한 그 울림이 귓가에 맴돌았다.

'어디서 괜히 사연 많아 보이는 척 똥 싸지 말고 꺼져.'

과거의 기억이, 잔상처럼 떠올랐다.

'난 주인을 지키지 못했다.'

'어쩌라고.'

'그 속죄를 하기 위해 너를 찾아왔다.'

'뭔 개 같은 소리야.'

이해하지 못하는 그에게 악마가 인간의 손에 의해 죽는 것이 얼마나 치욕스러운 일인지 설명했다.

설명을 들은 그는 헛웃음을 흘렸다.

'아, 그래서 뒤지러 날 찾아왔다고?'

'그렇다.'

'하아. 이 새끼 썩은 생선 눈깔하고 왔을 때부터 알아봤어야 했는데.'

어처구니없다는 듯 웃은 그는 자신을 무시한 채 발걸음을 옮겼다.

'감성은 드라마에서나 팔아 새끼야.'

'······.'

'걸리적거리지 말고 꺼져. 지금 바쁘니까.'

'너는··· 두려워하지 않는군.'

'뭐?'

'이곳은 구천지옥이다. 대공이 지배하는 곳이지. 네가 겪었던 지옥과는 그 격이 다른 곳이다.'

'오기 전에 다 들어서 알고 있어 새끼야.'

'아니. 알지 못하고 있다. 너는··· 대공이, 그들이 얼마나 두려운 존재인지 모르고 있다. 안다면 두려워하지 않을 수 없었을 것이다.'

'거 참 새끼 오지랖 한번 오지게 떠네.'

그가 다가와 가볍게 발을 박차고 날아올라 자신의 멱살을 잡았다.

그제야 그의 눈이 보였다. 흰자위에 검은 눈동자.

두 눈이 그를 응시했다.

'아……'

전율했다.

그 어떤 악마보다도 강렬한 욕망으로 빛나는 눈빛에는 광기에 가까운 욕망이 거세게 타오르고 있었다.

오싹한 감각. 그의 눈빛에 비친 욕망의 이름을 발록은 알고 있다.

그의 말이 이어졌다.

'여기에 대공이 있건 뭐가 있건 상관없어.'
'어차피 내가 할 일은 똑같아.'

악의에는 더 큰 악의로. 살의에는 더 큰 살의로.

세상 모든 것을 씹어 삼키며 앞으로, 앞으로.

'할 말 끝났으면 꺼져. 너 같은 패잔병 새끼한테 뺏길 시간 없어. 치욕스러운 죽음을 원하면 마물 엉덩이에 대가리라도 처박고 뒈지던가.'

신랄한 욕설.

-하하하하!

벨페고르를 향해 걸어가던 발록은 그때의 기억에 잠시 자리에 서서 웃었다.

-발록……!

-아아, 잠깐 옛날 생각이 나서 말이야.

발록은 씨익 웃었다.

검붉은 화염이 맺힌 주먹을 들어 올린 후 손가락을 까딱이며 바닥에 쓰러진 벨페고르에게 말했다.

-바로 서라, 벨페고르. 전투는 이제 막 시작했지 않은가.

-크읏.

벨페고르의 표정이 일그러졌다. 그는 이글거리는 눈빛으로 발록을 노려보았다.

벨페고르는 바닥을 손에 짚고 천천히 '일어섰'다. 그러고는 자신이 앉아 있던 의자에 손을 올렸다.

-발록.

짙은 마기가 폭풍처럼 주변을 휩쓸었다.

우득! 우드득!

바퀴 달린 의자가 그 형태를 바꿨다. 우그러지고 부서진 의자의 파편이 다시 뭉쳐 만들어낸 것은 마치 뼈로 만든 것처럼 새하얀 갑주.

-나를 일어서게 만든 것을 후회하게 만들어주마.

음산한 사기(邪氣)가 피어오르는 갑주, '나태'가 벨페고르의 몸을 덮었다. 앉아 있을 때와는 차원이 다른, 숨 막히는 마기가 그의 몸에서 뿜어져 나왔다.

발록의 표정이 굳었다.

'이제 진짜 시작이군.'

검붉은 화염이 타오르는 주먹을 쥔 채, 자세를 취했다.

지금까지 벨페고르를 상대할 수 있었던 것은 어디까지나 요행. 그가 전력으로 나서기를 결심했다면 얘기는 달랐다.

-자, 어디 네놈이 감히 그런 말을 할 수 있을 정도로 강해졌는지 확인해 보자고.

벨페고르가 천천히 손을 들자 무형의 칼날이 만들어졌다.

아까와는 숫자 자체가 다르다. 천여 개가 넘는, 시간의 흐름을 뒤트는 칼날이 비처럼 쏟아졌다.

드드드드드드득!!

검날에 닿은 대지가 뜯겨 나갔다.

시간의 흐름이 비틀린다고 대지가 뜯겨 나가는 것은 기괴한 일이지만, 조금 생각해 보면 그렇지도 않다. 지구는 자전한다. 쉼 없이 움직인다. '정지의 권능'에 닿은 부분은 그 움직임이 한없이 느려지기에 뒤틀림이 발생하는 것. 즉.

'저 검이 몸에 닿으면.'

아무리 마갑을 지니고 있는 발록이라도 치명상을 피할 수 없다.

마기를 뿌렸다. 두 눈을 감고 마기의 흐름이 달라지는 것을 느끼며 칼날을 피했다.

콰직!

-크으.

하지만 아무리 알고 피한다고 해도 수천의 칼날을 모조리 피하는 것이 가능한 일이겠는가. 무형의 검에 닿은 피부가 비틀렸다.

-죽어라, 발록.

벨페고르가 양팔을 펼쳤다. 시간을 뒤트는 권능의 힘이 장막처럼 펼쳐졌다.

콰득. 콰드드득!

대지가 뒤집혔다. 산사태에 쓸려간 땅이 뒤틀리며 거대한 충격을 만들어냈다.

발록은 쏟아지는 칼날을 피하며 입술을 깨물었다.

'역시 대공이라 이건가.'

이제까지 권능을 지닌 악마들을 셀 수 없이 봐왔지만 그들과는 격이 달랐다.

발록은 발을 박찼다. 단 1초라도 움직임을 멈추면 정지의 권능에 통째로 집어삼켜진다. 그 순간 끝. 온몸이 시간의 어긋남에 말려들어 터져 죽는다.

발록은 계속해서 몸을 움직이며 벨페고르를 살폈다.

'방법은 있다.'

정지의 권능은 절대적이지 않다. 사기적인 힘을 가진 힘인 만큼 제한 또한 많다. 시야가 닿는 범위 외에는 사용할 수 없고.

'느리다.'

가장 치명적인 문제리라.

조금이라도 빠르게 움직인다면 정지의 권능 자체를 피하는 것은 어렵지 않다. 무형의 검을 수천 개씩이나 만들어 쏟아버리는 것도 저 느리다는 단점을 가리기 위해서다.

쿵! 쿠구구구궁!!

수백 미터에 걸쳐 무형의 검에 닿은 대지가 터져 나갔다.

발록은 쉼 없이 몸을 움직여 공격을 피했다. 그리고.

'지금!'

벨페고르가 빈틈을 보였다.

그는 정지의 권능을 사용하는 동안 움직일 수 없다. 반격할 절호의 기회.

쿠웅!

몸을 낮춘 채, 튕기듯 발을 박찬다. 무형의 칼날이 몸을 스친다. 피부가 벌어지고, 근육이 찢어진다.

공격을 무시하며 주먹을 쥔다. 마기가 뭉쳐 주먹을 덮었다. 그러자 마치 건틀릿을 착용한 듯, 검은 마기의 갑주가 만들어졌다.

'완벽한 타이밍에.'

공격을 성공해야 했다.

음속을 넘은 발록의 몸이 포탄처럼 벨페고르를 향해 쏘아졌다.

마갑에 덮인 주먹을 휘둘렀다. 노리는 것은 벨페고르의 머리. 벨페고르의 몸을 보호하고 있는 권능의 힘에 주먹이 닿는 것이 느껴졌다. 순간적으로 팔에 힘이 들어가지 않았다.

'여기서.'

발록은 날카롭게 눈을 빛냈다.

정지의 권능에 닿은 바로 이 순간. 주먹을 덮고 있는 마갑을 폭발시킨다. 그러면 검은 마기가 원형으로 퍼져 나가며 벨페고르의 시야를 차단하리라.

정지의 권능의 범위는 벨페고르의 시야가 닿는 범위. 권능에 닿는 그 순간 마기를 폭발시켜 시야를 차단하면 공격을 성공시킬 수 있다.

우드득!

'됐다!'

주먹에 감각이 있었다. 발록의 눈이 빛났다. 하지만.

-아하, 그런 꼼수를 사용한 거로군.

벨페고르가 비릿한 조소를 흘렸다.

그의 전신을 덮고 있는 새하얀 갑주가 벌어졌다. 마치 거미가 접은 다리를 활짝 펼치는 것처럼. 포식자가 입을 벌리는 것처럼. 갑주가 사방으로 벌어져 발록의 팔을 휘감았다. 그리고.

우드드드드득!!

-크윽!!

팔이 잡아 뽑혔다. 팔꿈치부터 뜯겨 나간 팔의 단면을 타고 검은 피가 분수처럼 뿜어졌다.

벨페고르는 쯧쯧 혀를 차며 느긋이 팔짱을 꼈다.

-찢어 죽여라.

누군가에게 명령했다.

그 대상이 누구인지는 머지않아 알 수 있었다.

카드드득! 카드득!

그의 몸을 뒤덮은 새하얀 갑주가 형태를 바꾸며 여덟 개의 팔이 만들어졌다. 해골의 손을 보는 것 같은 음산한 손아귀. 발록의 몸을 움켜쥔 손이 사방으로 그의 몸을 잡아당겼다.

-크아아아아아!!

발록의 입에서 고통에 찬 괴성이 터져 나왔다.

콰득.

그의 몸을 지키고 있는 마갑에 균열이 달렸다.

지옥 무구, '나태'. 그 초월적인 무구의 기능은 생각보다 단순했다. 압도적인 파괴를 불러오는 것도, 특수한 기능이 있는 것도 아니다. '나태'의 능력은 소유주가 원하는 행동을 가능한 대신 해주는 것. 두 발로 움직이기 싫다면 바퀴가 달린 의자로, 몸을 지키고 싶다면 갑주로, 적을 죽이고 싶다면 무기로 변해 스스로 움직인다. '나태'가 움직이는 동안 소유주는 아무것도 하지 않아도 된다.

-크으으으!!

사방에서 그를 잡아당기는 여덟 개의 팔. 무시무시한 압력이 그를 잡아당겼다.

단순하지만, 약한 것은 아니다. 나태는 '정지의 권능'을 사용하는 동안 움직일 수 없다는 벨페고르의 단점을 완벽하게 보완해 줄 수 있는 지옥 무구였고, 동시에 발록조차 힘으로 찍어 누를 수 있을 정도로 괴랄한 힘을 지닌 무구였다.

우득! 우드득!

뼈가 어긋난다. 피부가 찢어지며 검은 피가 흘러나왔다. 발록의 두 눈이 충혈되며 온몸의 근육이 터질 듯 부풀었다.

하지만 '나태'의 힘에서 벗어날 수는 없었다.

벨페고르는 비릿하게 웃었다.

-흥. 그렇게 떵떵거리더니 결국 그것뿐이로군.

쯧쯧. 혀를 차며 고개를 저었다.

-정말로 네놈이 대공을 이길 수 있으리라 생각한 건가?

어처구니없는 생각. 심지어 그는 '마의 근원'을 흡수하며 과거보다 더욱 강한 힘을 갖추게 되었다. 마왕도 아닌 그의 권속 따위가 그를 상대할 수는 없었다.

벨페고르는 한심하다는 듯 발록을 보다 이내 눈을 빛냈다.

-아, 그러고 보니 김시훈이란 놈 말고 너를 사용하는 게 더 효과적이겠군.

-효과적, 이라고?

-마왕을 '그곳'으로 불러들이는 데 말이다.

벨페고르는 낄낄 웃었다.

발록이 픽 웃었다. 무슨 계획을 세우고 있는지는 모르나 의미 없는 일이다.

-그분에게, 그런 인질극이, 통할 것 같은가.

-통하지. 잊었나, 발록? 마왕이 천 년 전쟁을 일으킨 이유를?

-…….

-키히히. 미친놈인 주제에 자기 부하는 더럽게 감싸고돈단 말이야. 아, 미친놈이라서 그런 건가? 어쨌든 네가 인질이라면 마왕 놈도 함부로 움직일 수 없겠지.

벨페고르는 활짝 웃었다.

발록을 인질로 잡는다면, '계획'의 성공 확률은 비약적으로 늘어난다. 마왕을, 그 괴물을 죽일 수 있다.

-그럼… 마왕의 앞에 가져가기 전에 팔다리라도 뽑아볼까.

우드드득!!

-크윽!!! 크악!!

-하하하하!! 또 한 번 주인이 죽는 모습을 눈앞에서 볼 수 있겠군!

발록의 입에서 비명이 흘러나왔다. 사방에서 팔과 다리를 잡아당기는 '나태'의 손아귀.

'이대로라면.'

발록은 끔찍한 고통 속에서 입술을 깨물었다.

'아마도.'

그의 눈빛이 깊게 가라앉았다.

벨페고르와의 전투를 상상했다. 오싹한 공포가 등골을 타고 퍼졌다.

'패배하겠지.'

의심의 여지가 없다.

대공은 일반 악마와는 격이 다른 존재다. 아무리 노력해도, 아무리 발버둥 쳐도 일반 악마가 대공을 이기는 것은 불가능했다.

'하긴.'

그게 쉬운 일이었다면 구천지옥이 탄생한 이후 '대공의 좌'가 바뀐 적이 고작 한 번 일리가 없었다.

대공은 태어날 때부터 대공으로 태어난다. 절대자이며, 지배자로 태어난다. 그 틀을 박살 낸 것은 지금까지 두 존재밖에 없다.

'바알과 마왕님.'

기나긴 구천지옥의 역사에서 그 틀을 박살 낸 악마는 고작 그 둘을 제외하곤 없었다.

'아니지.'

발록은 웃었다.

주먹을 움켜쥔 채, 전신의 마기를 끌어 올렸다.

고작이라니.

'벌써 둘이나 이겨냈다.'

가능성은 제로가 아니다.

대공은 무적이 아니다. 그들은 패배했다. 아무리 콧대 높여 말해도, 오만하게 폼을 잡아도.

'마왕님은 승리했다.'

강우는 그들을 이겼다.

물론 패배가 없었던 것은 아니다. 아니, 오히려 셀 수 없을 정도로 많은 패배가 있었다. 많은 부하들이 죽었다. 그중에는 마왕이 정말로 소중히 아끼던 부하들도 많았다.

모두, 모조리. 죽었다.

'발록······.'

과거의 기억이 떠올랐다. 강우와 함께하고 꽤나 오랜 시간이 흘렀을 때였다. 처음 그를 만났을 때의 자신처럼, 죽은 시체와도 같은 눈을 하고 있는 강우의 모습.

'이제, 지쳤어.'

무수한 시체 위에 주저앉은 그가 흐느끼며 내뱉었던 말. 그 때를 기억한다.

셀 수 없는 절망과 좌절과 실패와 비탄이 있었다. 하지만, 그럼에도 어마어마한 전력 차를 뒤집고, 최악과 최악이 겹친 상황에서도. 그는 일어섰다. 앞으로 나아갔다. 그리고, 이겼다.

'그렇다면.'

자신도 극복할 수 있으리라. 아니, 마왕을 섬기고 있는 입장에서 극복하지 않으면 안 된다. 불가능을 가능케 하지 않으면 안 된다. 그럴 수 없다면 그를 섬길 수 없다. 옆에 서서 걸을 수 없다. 그의 어깨의 짐을 덜어줄 수 없다.

'괜히 깝치지 마, 네 도움은 필요 없으니까.'

아마 지금 자신의 모습을 본다면 그는 그렇게 말하리라. 왜 도움을 요청하지 않았냐고 따지리라.

사실 도움을 요청하는 것은 간단하다. 강우가 위급할 때 사용하라고 한 통신 장치가 있다. 그를 부르면, 어떤 상황이라도 눈 깜짝할 사이에 이곳에 도착하리라. 그리고.

'또 혼자 짊어지려고 하시겠지.'

그는 모든 것을 짊어진 채 홀로 걸어갈 것이다. 아득히 높은 곳으로 올라설 것이다. 언제나처럼. 지난 천 년간, 수없이 반복했던 것처럼. 앞으로. 앞으로.

-질렸다.

-뭐?

-주인을 지키지 못하는 건 이제 질렸다고.

발록은 씨익 웃었다.

뜨드드드득!!

박살 나고, 뜯어지는 소리가 울렸다. 하지만 뜯겨 나간 것은 발록의 팔다리가 아니다.

-무슨……?

여덟 개로 갈라진 '나태'의 손아귀가, 금이 가며 박살 나기 시작했다.

쿠웅!

발록의 거체가 바닥에 내려오고 검은 마기가 그의 전신을 덮었다. 서양의 기사를 연상시키듯 전신을 감싸는 검은 갑주. 등 뒤에 돋은 박쥐의 날개가 펄럭였다.

발록의 두 눈이 뜨였다.

풀 플레이트의 헬름 너머로 보이는 눈동자는 노란색. 가로로 찢어진 검은 동공. 그의 주인, 강우와 같은 산양의 눈동자.

-이젠.

강우와 술잔을 기울이던 기억이 떠올랐다. 그때 그의 입가에 지어진 미소가 그려졌다.

그는 행복해 보였다. 지옥에서는 볼 수 없었던 미소였다.

'이미.'

한 번 실패했다. 주인을 지키지 못했다. 두 번은 없을 것이다.

-내가 지킬 것이다.

나의 왕을.

-제길! 이게 무슨……!

벨페고르의 표정이 딱딱하게 굳었다.

그는 박살 난 '나태'에 손을 올렸다. 마기를 불어 넣자 머지 않아 나태가 형태를 바꾸며 원상태로 복구됐다.

나태는 일반적인 지옥 무구와 달리 '파괴 불가' 특성을 가지고 있진 않다. 파괴되어도 순식간에 복구되고, 형태를 바꾸어 적을 섬멸하는 특성을 가지고 있다.

하지만.

'아무리 그렇다고 해도 발록 따위가 지옥 무구를 파괴할 순 없을 텐데.'

파괴가 가능하다는 것은 어디까지나 대공급 존재와 싸울 때나 해당하는 얘기. 기본적으로 '나태'의 내구도는 일반적인 악마가 도저히 부술 수 없는 수준이었다.

발록이 순수한 힘으로 나태를 박살 냈다는 것. 그것이 의미하는 것은 하나였다.

'놈이.'

정말로 대공급 힘을 갖췄다는 것.

-감히…….

벨페고르의 눈에 분노가 타올랐다. 대공으로서의 자존심. 수천수만의 세월을 살아오며 견고해진 그 자존심이 철저히 짓밟혔다.

마왕의 경우는 차라리 나았다. 비록 인간이라고는 하나 그는 포식의 권능이라는 사기적인 권능을 지니고 있었으니 대공처럼 태어난 그 순간부터 타고났다고 자위할 수 있었다.

하지만 발록은 다르다. 그는 일반 악마들 사이에선 따를 자가 없다고 소문이 무성했지만 결국 거기까지. 그것뿐인 악마였다. 그런데.

-감히 대공의 좌를 너 같은 패잔병이 노린단 말인가!!

발록에게는 권능이 없다. 마갑이라는 힘이 있긴 하지만 그것은 특징일 뿐 권능이 아니다. 그는 타고나지 않았다. 태어날 때부터 대공의 아래로, 그 앞에서 바짝 엎드려야 할 존재로 태어났다.

바닥에 기어 다니는 것이 마땅한 하찮은 존재가 감히 대공에게 이빨을 드러내다니, 용납할 수 있을 리가 없다.

-죽엇!!

정지의 권능을 펼쳤다. 권능의 힘이 장막처럼 넓게 펼쳐지며 발록을 사방에서 압박했다. 원상태로 복구된 나태가 여덟 개의 팔을 펼치며 발록에게 달려들었다.

-후우.

발록은 깊게 숨을 들이쉬었다.

몸 전체를 감싸고 있는 검은 갑주. 검은 갑주를 통해 막대한 힘이 느껴졌다. 이것은 자신도 처음 겪어보는 힘이었다.

'마왕님 덕분인가.'

발록은 가늘게 눈을 떴다.

강우와 그의 영혼은 이어져 있었다. 강우가 오히려 과거 이상의 힘을 갖추게 되면서 자연히 자신의 힘 또한 강해졌다.

'그것만은 아니겠지.'

피식 웃었다.

강우가 그에게 줄 수 있는 것은 마기뿐. 단순히 마기의 총량이 많다고 해서 이런 새로운 힘을 사용할 수는 없었다.

불어난 마기에, 왕을 향한 그의 각오를 더해 만들어낸 것. 강우와 그의 합작이라고 불러도 좋을 힘이리라.

'뭐든 상관없다.'

발록은 몸을 돌렸다.

주먹을 움켜쥔 채, 몸을 완전히 뒤덮은 검은 갑주의 힘을 느꼈다. 무슨 이유로 이런 힘을 각성하게 됐는지는 중요치 않다. 중요한 것은 이 힘으로 인해 벨페고르와 겨룰 수 있게 됐다는 것.

그리고.

'왕이시여.'

아득히 높은 곳에서, 고독하게 걸어가고 있는 강우의 모습이 보인다. 그의 어깨에는 너무도 많은 짐이 올려져 있었다.

그는 언제나 그랬다. 홀로 모든 것을 짊어진 채 앞으로 나아갔다. 도저히 닿을 수 없는 곳으로.

'이젠.'

발록의 눈이 날카롭게 빛났다.

쿠드드드득!!

전신을 뒤덮은 검은 갑주가 움직였다.

치이이익!

갑주의 이음새에서 검은 마기가 증기처럼 뿜어져 나왔다.

'함께 걸어가겠습니다.'

쿠우웅!!

폭발적으로 뿜어져 나오는 검은 증기. 검은 갑주에 뒤덮인 발록의 몸이 무시무시한 속도로 앞으로 쏘아졌다.

장막처럼 펼쳐진 정지의 권능이 그를 사방에서 압박했다.

'아래로.'

피할 수 있는 방법은 하나.

발록은 오른 주먹을 들었다. 처음 나태의 공격으로 오른팔이 팔꿈치부터 뜯겨졌지만 지금 팔이 뜯겨 나간 부분을 검은 갑주가 대신하고 있었다.

'신기하군.'

마기로 이루어진 갑옷일 텐데 진짜 자신의 팔인 것처럼 자연스럽게 움직였다.

발록은 피식 웃으며 들어 올린 주먹을 내려찍었다. 그러자 폭탄이라도 터진 듯 대지가 뒤집혔다.

쏟아지는 흙과 암석을 뚫어내며 땅속으로 움직였다. 대지를 뚫고 이동한다고는 생각할 수 없는 무시무시한 속도. 땅이 파도치듯 출렁이며 뒤집혔다.

파악!

흙이 비산했다.

밖으로 나오자마자 '나태'의 여덟 개의 손아귀가 그를 압박했다.

발록의 눈이 날카롭게 빛났다.

'한 번 박살 냈다면.'

두 번이라고 불가능할까.

그를 압박하는 나태의 손아귀를 무시하며 돌진했다.

-이, 이익!!

벨페고르의 표정이 일그러졌다.

전차처럼 무식한 돌진. 정지의 권능을 펼쳐 보호막을 만들었다. 하지만.

치이이이익!!!

폭발하듯 뿜어져 나오는 검은 증기. 발록의 갑주에 뿜어져 나온 증기가 벨페고르의 시야를 차단했다.

정지의 권능이 풀렸다.

-아, 안…….

-진심.

몸을 비튼다. 어깨를 뒤로 빼며 팔꿈치를 한계까지 당긴다.

철컥.

팔꿈치에 있는 검은 갑주가 벌어지며 부스트처럼 검은 증기가 뿜어졌다. 왼발을 앞으로 내밀며 한계까지 당겨진 방아쇠를 놓는다.

-펀치.

콰드드드득!!

모든 힘을 쥐어짜 낸 혼신의 펀치가 벨페고르의 머리를 후려쳤다.

[권속 '발록'이 '패왕갑(霸王鉀)'을 터득하였습니다.]

"응?"

눈앞의 떠오른 푸른 창에 강우는 고개를 갸웃거렸다.

"이건 또 뭐야 갑자기?"

발록이 새로운 기술을 터득했다는 소식. 분명 좋은 소식이긴 하지만 타이밍이 좀 이상했다.

'설마 이 새끼.'

강우의 눈이 가늘어졌다.

발록에게 내린 명령. 벨페고르의 위치를 찾아 자신에게 보고하라고 했던 명령이 떠올랐다.

'싸운 건가.'

벨페고르와.

그러지 않고서야 저런 메시지가 나올 리가 없었다.

"이 근육 돼지 새끼가."

표정이 일그러지고 초조함이 밀려왔다.

발록은 강하다.

'하지만.'

결국 그것뿐. 벨페고르와 일대일 구도로 들어간다면 결국 버티지 못하고 패배할 것이다.

"제길."

강우는 신경질적인 목소리로 욕을 뱉었다.

초조한 듯 입술을 깨물었다. 발록은 '권속'이지 종속의 권능으로 묶인 사역마가 아니기에 시야를 공유할 수 없었다.

'주시자의 권능.'

인지 범위가 어마어마하게 늘어나며 공중에서 땅을 내려다보듯 시야가 확장됐다. 발록과 벨페고르가 싸우고 있는 곳이 보였다.

"후우."

그제야 안도의 한숨이 흘러나왔다.

'미련한 새끼.'

분명 보자마자 연락하라고 말했는데.

강우는 혀를 차며 고개를 돌렸다.

"아, 으, 아."

전신을 피로 얼룩진 붕대로 휘감은 괴인. 그가 반으로 박살 난 녹슨 도를 쥔 채 몸을 비틀거리고 있었다.

"대체, 어떻, 게?"

혈마객은 이해할 수 없다는 듯 강우를 바라보았다.

마왕에 대해서는 들었다. 그가 얼마나 경이롭고, 이질적인 존재인지 알고 있었다. 하지만.

"쿨럭! 쿨럭!"

혈마객은 피를 토해냈다.

'이 정도로.'

압도적일 줄이야.

변변찮은 반항 한번 하지 못했다. 천 년을 수련한 그의 마공은 마왕에게 조금도 닿지 못했다.

저벅, 저벅.

마왕이 그를 향해 걸어왔다.

고개를 들어 그를 보았다. 날카로운 눈매를 가졌다는 것을 제외하고는 별다른 특징이 없는 얼굴. 지금은 그 얼굴이 그 누구보다도 두렵게 느껴졌다.

"으, 아아아아아!!"

혈마객이 발작하듯 소리 질렀다.

그는 반토막 난 녹슨 도를 움켜쥔 채 달려들었다. 녹슨 도에는 그가 지난 천 년의 시간을 공들여 완성한 핏빛 마기가 짙게 맺혀 있었다.

혈마공. 피에 담긴 원념을 마기로 승화시키는 마공. 그 원념을 다루기 위해 얼마나 많은 고난을 겪었던가. 끔찍한 악몽과 망자의 목소리에 시달리며 천 년의 세월을 견뎌냈다. 사탄도 그의 힘을 인정하고 '위상'의 자리를 그에게 선물했다.

'그런, 데.'

어째서, 이토록 무력하게 패배한단 말인가.

"죽어어어엇!!"

반토막 난 녹슨 도가 강우의 머리를 노렸다. 몸 전체를 반으로 쪼개 버릴 듯이 강맹한 기세.

강우는 픽 웃으며 손을 들어 자신을 향해 휘둘러지는 녹슨 도를 맨손으로 붙잡았다.

턱.

"허업!!"

"음……."

강우는 핏빛으로 빛나는 마기를 손으로 만지며 가늘게 눈을 떴다.

'환 대륙에서는 어떻게 마기를 쌓았으려나.'

호기심이 일어 자신의 마기를 밀어 넣어 핏빛 마기의 구조를 파악했다.

"호오."

강우는 신기하다는 듯 고개를 끄덕였다.

"마이너스적인 원념을 마기로 바꾸는 방법인가. 이런 방법도 있었군."

피에 담긴 원념을 마기로 승화시키다니, 신기한 방법이었다. 마기의 구조를 살피던 강우는 쯧, 하고 혀를 찼다.

"더럽게 비효율적인 방법이네."

피에서 원념을 추출한 후 마기로 변환하는 과정 자체가 지극히 허술했다. 애초에 명확한 물리력이 없는 원념이라는 개념을 물리력이 있는 힘으로 변환하려니 그게 말처럼 쉽게 될리가. 하찮고, 조잡했다.

'차라리 천룡심법이 낫네.'

그건 적어도 대기 중의 골고루 퍼진 기운을 경이로운 효율로 단전에 쌓았다. 그에 비해 혈마공은 지극히 제한적이고, 비효율적이다.

"뭐, 라고?"

"네 무공 똥 쓰레기라고 인마."

"자, 잠깐. 원념을 마기로 바꾼다는 것은 대체 어떻게……?"

혈마객의 눈이 떨렸다.

피에 담긴 원념을 마기로 변환하는 것은 혈마공만의 비전이었다. 그런데 그걸 무슨 수로.

"마, 마기에 손을 대는 것만으로도 알 수 있는 거냐."

혼란에 빠진 목소리.

강우는 피식 웃었다.

"생각보다 그렇게 어렵지 않아. 어차피 종류만 다를 뿐 근본적으로 마기란 건 마찬가지니까."

"……."

"모조리. 모든 마기의 배열을 일일이 확인하면 어렵지 않게 알 수 있지."

"뭐……?"

대체 그게 무슨 소리란 말인가.

"네 몸 안에서 마기가 어떻게 움직이는지 모두 체크하면 그 구조랑 원리를 파악할 수 있다고."

"무, 무슨 소리를 하는 거냐. 그게 가능할 리가……."

혈마공은 피를 매개체로 마기를 운용한다. 저 말을 실현시키려면 몸 안에 있는 수천, 수만의 혈관을 통해 움직이는 마기의 흐름을 모조리 파악했다는 것.

인간의 혈관은 일렬로 늘어세우면 그 길이가 120,000킬로미터. 지구 두 바퀴 반을 돌고도 남는다. 그걸, 그 아득한 길이를 통해 동시다발적으로 움직이는 마기의 흐름을, 한 번에 이해했다고?

"노력하면 가능해, 인마."

강우는 픽 웃었다.

혈마객이 발작을 일으키듯 외쳤다.

"개소리!! 그딴 게 노력한다고 가능할 리가 없다!!"

"아니, 된다고. 해본 적도 없는 새끼들이 꼭 저렇더라."

강우는 쯧쯧, 혀를 찼다.

'요즘 젊은것들은 말이야, 노오력이란 걸 몰라요. 노오오력을.'

한심하다는 듯 고개를 저었다.

"어디서 그런 거짓……."

"몸 안에 바다를 담은 적 있냐?"

"뭐?"

"언제 넘쳐흐를지 모르는 바다 말이야."

끝이 보이지 않는 아득한 마기의 바다.

"둑이라고는 세 개밖에 없어. 그것도 제 기능을 못 해서 범람하려고 지랄을 하지. 필사적으로 제어하지 않으면 그 순간 바다가 범람해서 뒤지는 거야."

"……."

"그러니까 매 순간, 밥 처먹고 똥 싸고 잠자는 동안에도. 기분 좋은 일이 있어서 낄낄거리며 웃고, 슬픈 일이 있어서 처울고, 화나는 일이 있어서 길길이 날뛸 때도."

숨을 쉬는 순간에조차 미친 듯 날뛰는 마기를 제어한다면, 살기 위해 처절하게 몸부림친다면.

"이 정도 일은 별로 안 어려워."

"……."

혈마객은 그가 무슨 말을 하는지 이해할 수 없었다. 이해하기에는, 너무 아득한 얘기다.

하지만 그의 비유가 진실이라면. 정말로 몸 안에 바다를 품고, 그것이 매 순간 범람하기 위해 날뛴다면.

"대체, 왜?"

왜 포기하지 않고. 그 미친 일을 영원히 이어간단 말인가.

정신 나간 일이다. 제정신으로 할 수 있는 일이 아니다. 초 단위로 주화입마에 걸리는 것과 마찬가지. 인간이 그 고통을 감당할 수 있을 리가 없다.

"새끼, 뭐 당연한 걸 물어보냐."

강우는 헛웃음을 흘렸다.

왜 포기하지 않았냐니, 그 이유를 굳이 입으로 말할 필요가 있단 말인가.

"뒤지기 싫어서 그랬지, 인마."

"아, 으."

혈마객의 몸이 벌벌 떨렸다.

자신을 바라보는 마왕의 두 눈. 그 눈에 담긴 강렬한 욕망이 그를 전율시켰다.

'이건.'

그가 알고 있는 욕망이다. 아니, 아마 생물이라면 모를 리 없는 갈망이다.

살고 싶다. 죽고 싶지 않다.

숨을 쉬는 그 순간순간조차 버텨가면서라도, 아득바득 발버둥 쳐서라도. 살아남을 것이다.

그 눈에 담긴 욕망을 읽은 혈마객은 굳게 입을 다물었다.

천 년과 만 년. 그 시간의 격차가 문제가 아니었다. 격이 다르다.

망자의 목소리? 그딴 게 뭐란 말인가. 마왕은 매 순간, 일 초를 수십, 수백 개로 쪼갠 찰나의 시간마다 죽음의 역경을 이겨냈다.

"넌……."

벨페고르의 말이 떠오른 혈마객의 몸이 떨렸다.

"미쳤구나."

"내가 말했잖아."

강우는 웃었다.

"넌 아직 준비가 안 됐다고."

콰득.

혈마객의 머리가 터졌다.

강우는 고개를 들어 하늘을 올려다보았다. 사탄과 라파엘의 전투가 이어지고 있었다.

"사탄 저놈은 첨에 갑자기 쓰러지더만 잘만 싸우네."

혈압이라도 오른 듯 뒷목을 붙잡고 쓰러져 바닥을 구르던 사탄. 덕분에 초반에 라파엘에게 신나게 두들겨 맞고 시작했던 사탄이었지만 어느새 정신을 차린 듯 몸을 일으켜 라파엘과 팽팽한 교전을 이어가고 있었다. 확실히 과거 지옥에 있었을 때보다 강력한 힘을 지니게 된 모양.

"자."

강우는 입가를 올리며 두 존재의 전투를 올려다보았다.

"누가 이기려나."

결과는 머지않아 보였다.

◆ 3장 ◆

밝혀지는 진실

콰아앙!

칠흑의 검과 빛의 창이 격돌했다.

대기가 찢어지듯 거센 굉음이 하늘 전체를 울렸다.

"아, 아아."

"라파엘 님⋯⋯!"

천사들과 빛의 감시자들은 사탄과 격돌하는 라파엘을 바라보며 주먹을 불끈 쥐었다.

"샤르기엘 님⋯⋯."

"이, 이대로 보고만 있어야 합니까?"

샤르기엘은 굳게 입을 다물었다. 그리고 고개를 들어 하늘을 올려다보았다.

둘의 전투에 참여할 수는 없었다. 격이 너무 다르다.

'티탄.'

아득한 과거, 신화의 시절. 세계를 지배했다는 거인의 이야기가 떠올랐다.

사탄과 라파엘은 신화에 나오는 거인들의 싸움처럼 압도적인 파괴를 뿌리며 전투를 이어가고 있었다.

"지금 우리가 할 수 있는 일은 없다."

샤르기엘은 고개를 저으며 초조한 표정으로 입술을 깨물었다.

'라파엘 님.'

빛의 승리를 기원했다.

"예언의 악마는 라파엘 님에게 맡겨라. 우리는 다른 악마들을 처리한다."

샤르기엘이 몸을 돌렸다. 아직 악마교의 세력은 많이 남아 있었다.

'악마 놈들.'

그는 증오에 찬 눈빛으로 악마교도들을 노려보았다.

샤르기엘은 천사와 빛의 감시자들에게 명했다.

"모조리 죽여라. 어둠을 품고 있다면 어린 것도, 늙은 것도 상관없다. 어둠에 물든 자에게 빛의 심판을 보여주어라!"

"빛의 심판을!"

"빛의 심판을!"

천사들은 무기를 추켜올리며 악마교도를 향해 날아갔다.

샤르기엘은 지친 표정으로 숨을 몰아쉬었다. 최선두에서 수백, 수천의 악마와 싸운 탓에 피로가 누적되었다.

'만약 이곳에……'

세라핌 님이 있었더라면.

아득한 신화의 시절. 거대한 어둠을 스스로의 몸을 바쳐 봉인한 천신을 떠올렸다.

샤르기엘은 고개를 저었다.

'헛된 것을 생각할 때가 아니다.'

지금 이 순간에도 악에 물든 세력은 빛을 좀먹고 있었다.

그는 은빛으로 빛나는 검을 움켜쥐었다.

"빛의 심판을."

망설임 없이 발을 박찼다.

사탄과 라파엘의 혈투가 일어나고 있는 상공.

-으아아아아아!!

사탄의 입에서 분노에 찬 외침이 터져 나왔다.

그는 '분노'를 움켜쥔 채 이성을 잃은 눈빛으로 검을 휘둘렀고, 라파엘은 쏟아지는 그의 검격을 어렵게 막아냈다.

절멸의 권능. 권능에 닿는 이를 산산이 쪼개 버리는 파괴적인 힘이 그를 위협했다.

-크윽.

무시무시한 사탄의 힘에 라파엘은 침음을 삼켰다.

'이것이.'

예언의 악마의 힘.

라파엘은 빛의 창을 휘두르며 침착하게 사탄의 공격을 막아 냈다. 한번 공격을 막아낼 때마다 거대한 충격이 전신을 뒤흔들었다.

'대체 어디서 이런 힘을 키웠단 말인가.'

천 년 전쟁. 마계의 가장 깊은 곳에서 일어났다는 기나긴 전쟁.

누가 그 전쟁을 일으켰고, 누가 승리했는지는 전해지지 않았다. 천 년 전쟁에 대해 천사들이 알고 있는 것은 악마들 사이에 기나긴 내전이 일어나 마계가 멸망 직전까지 몰렸다는 것. 천사들은 그것을 기회라 생각하며 미카엘의 주도하에 착실히 힘을 비축했다.

'그런데.'

루시퍼도, 사탄도 오히려 과거 기록보다 더욱 강해져 있었다.

라파엘은 복잡한 표정으로 사탄을 바라보았다.

'그래도.'

도저히 감당하지 못할 정도의 힘은 아니었다. 아니, 설사 감당하지 못할 정도의 힘을 그가 지니고 있다고 하더라도 물러설 수는 없었다.

"루드비히."

아련한 그 이름을 입에 담는다.

라파엘은 이글거리는 눈빛으로 창을 겨눴다.

"사탄! 루드비히를 해방하라!"

언데드가 되어 타락한 루드비히. 그 성실한 빛의 신도는 그런 최후를 맞이해서는 안 됐다.

-모른다! 그 새끼가 누군지, 어디 있는지도 모른다고!!

"어디서 또 그런 뻔한 거짓을!"

라파엘이 일갈했다.

여기까지 와서 발뺌을 하다니. 자신에게 오라고, 피하지 않겠다고 먼저 말한 것은 사탄이었지 않은가?

"또 무슨 수작을 부릴 속셈이냐!"

-아니야! 아니라고!! 내가 루드비히를 타락시킨 게 아니란 말이다!!

"개소리! 내 두 눈으로 똑똑히 보았다! 네놈이 루드비히를 타락시키고 있는 모습을!"

-그게 내가 아니었단 말이다!!

말이 되지 않는 억지에 라파엘의 표정이 일그러졌다.

"대체 악마란 족속은 어디까지 뻔뻔해질 수 있는 건가!"

-아니란 말이다아아아아아!!!

사탄은 미칠 것 같다는 듯 몸을 비틀었다.

그는 칠흑의 검기를 막무가내로 뿌리며 절규했다.

-나와라, 마왕! 어서 나와 이 빌어먹을 새끼야!! 오늘 이곳에서 모든 진실을 밝히고 말겠다!! 네놈의 그 역겨운 가면을 벗겨 버리겠다고!!

처절한 목소리. 사탄은 모습을 보이지 않는 마왕을 찾기 위해 미친 듯이 검기를 뿌렸다.

쿠구구구구궁!!

재앙이라도 일어난 듯 대지가 뒤집혔다.

반경 수백 미터의 땅이 갈라지고 어긋났다. 말 그대로 재앙에 가까운 파괴. 그 공격에 휩쓸려 악마교와 가디언즈 할 것 없이 모두 피해를 입었다.

"멈춰라!"

라파엘은 빛의 창을 움켜쥔 채 날개를 펼쳤다. 여덟 장의 날개가 빛을 뿌리고 눈부신 속도로 그가 쏘아졌다.

'대체 왜 저렇게까지.'

라파엘은 이해할 수 없었다. 그때 영상으로 보았던 사탄의 모습과 지금 사탄 사이에 괴리가 너무 컸다.

'설마.'

진짜로 그때 사탄이 진짜 사탄이 아니었단 말인가.

"크웃."

침음이 흘러나왔다. 머릿속이 복잡했다.

'듣지 마라.'

미카엘이 말하지 않았던가. 악마의 말에 결코 현혹되어서는 안 된다고.

그들의 혓바닥은 극독을 품은 꽃과 같다. 달콤한 향기에 속아 다가가면 전신에 독이 퍼져 죽고 만다.

-어억.

고래고래 소리를 치던 사탄은 다시금 목을 부여잡은 채 몸을 바들바들 떨었다.

라파엘은 복잡한 표정으로 그를 바라보았다.

"……."

굳게 입을 다물었다. 머릿속이 점점 더 복잡해졌다.

'뭔가 다르다.'

아무리 생각해도 그때 보았던 사탄과 지금의 사탄 사이에 괴리감이 너무도 컸다. 한없이 사악한 악의 기운으로 가득 차 있던 그와 지금 눈을 뜨고 보기 힘들 정도로 꼴사나운 모습을 보여주고 있는 사탄.

사탄의 처절한 목소리는 라파엘의 머릿속을 점점 더 복잡하게 만들었다.

'혹시.'

의심의 싹이 트였다.

'정말 그때 내가 본 것이 사탄이 아니라면.'

그가 외치고 있는 마왕이라는 존재에게 자신이 속고 있는 거라면, 대체 진실은 어디에 있단 말인가.

'오강우란 자가 마왕이라고?'

라파엘은 고개를 저었다.

오강우라는 인간을 완전히 믿는 것은 아니었다. 하지만 사탄이 모습을 보였을 때 그자는 자신과 함께 있었다.

아니, 그리고 정말 그가 마왕이라면 자신이 마기를 느끼지 못할 리가 없었다. 그가 마왕이라는 말은 아무리 생각해도 믿을 수 없었다.

-으아아아아!! 오강우 이 개쓰레기 새끼!! 나와!!!

"……."

발작하듯 소리 지르는 사탄의 외침. 그 목소리에 담긴 처절한 분노와 억울함이 생생히 전해졌다.

라파엘의 눈동자가 떨렸다.

'만약 그것이 모두 연기였다면?'

짜고 치는 자작극이었다면?

라파엘은 두 눈을 질끈 감았다. 사탄을 향해 쏟아내는 공세에 점점 힘이 들어가지 않는 것이 느껴졌다.

'빛이여.'

라파엘은 복잡한 눈빛으로 발작을 일으키는 사탄을 노려보았다.

'답을 알려주소서.'

어둠에 내려앉은 진실은 너무도 어두웠다. 보이지 않았다.

"천사들도 잘해주고 있구만."

강우는 만족스러운 미소를 지었다.

천사들은 죽음을 두려워하지 않고 최선두에 나서 그 누구보다 열심히 악마를 상대하고 있었다. 천사를 완전히 신뢰할 수 없는 이상, 이번 전쟁에서 가디언즈의 전력을 보존할 수 있는 것은 반길 만한 소식이었다.

'레벨 업도 쭉쭉 되고 있는 것 같고.'

플레이어들의 특권이라 할 수 있는 경험치를 통한 레벨 업은 지금 이 처절한 전쟁 속에서도 빛을 발하고 있었다.

"음?"

그때, 강우의 눈에 라파엘의 모습이 보였다. 사탄을 몰아붙이고 있던 그의 움직임이 눈에 띄게 느려졌다.

'지친 건 아닌 것 같은데.'

라파엘의 날개에서 뿜어지는 빛은 아직 찬란히 빛나고 있었다.

"쯧."

강우는 혀를 찼다.

"악마의 말에 현혹되고 있는 건가."

사탄은 간악한 존재다. 그는 끝없이 거짓을 입에 담으며 진실을 감추려 하고 있었다.

"한심한 놈."

대천사라는 자가 어찌 악마의 혓바닥에 저리 흔들린단 말인가.

'어쩔 수 없군.'

영웅신의 사도로서 어찌 빛이 흔들리는 모습을 가만히 보고만 있을 수 있겠는가.

'모든 진실을.'

지금 이곳에서 낱낱이 밝히리라.

강우는 통신용 수정 구슬을 들어 올렸다.

"사탄."

라파엘은 창을 움켜쥔 채 낮은 목소리로 입을 열었다.

"오강우란 자가 마왕이라는 증거는 있나."

-하아, 하아. 증거? 증거라고?

사탄의 두 눈이 떨렸다.

오강우가 마왕이라는 증거. 깊게 생각할 것도 없이 그가 품고 있는 마해(魔海)가 그 증거일 것이다.

'하지만.'

마왕은 라파엘과 함께 있으면서 마해를 지니고 있다는 것을 들키지 않았다. 마기를 완벽히 숨길 수 있는 방법을 가지고 있단 의미. 그렇다면 마해를 가지고 있다는 것은 증거가 되지 않을 가능성이 높았다.

'제기랄.'

사탄의 머릿속이 복잡해졌다. '계획'을 완성하기 위해서라도 마왕을 이 자리에 끌어내는 것은 중요하다.

그는 품속에 있는 '근원의 파편'을 움켜쥐었다.

'아.'

그때, 그의 머릿속에 한 가지 생각이 스쳤다. 무너진 잔해 아래서 응원 봉을 휘두르며 그를 조롱하는 마왕의 모습.

-놈이 지금 뭘 하고 있는지를 봐라! 너와 내가 싸우는 것을 지켜보며 조롱을…….

사탄은 손을 들어 마왕이 있던 장소를 가리켰다.

가면 너머의 눈동자가 떨렸다.

-어?

이 새끼 어디 있어.

그가 가리킨 곳에는 누구의 것인지 알 수 없는 붉은 핏자국만 남았을 뿐.

쿠웅!

그때, 폭음이 터져 나왔다.

저벅, 저벅.

잔해 속에서 어둠에 물든 존재가 나타났다.

그 존재를 본 라파엘의 두 눈이 떨렸다.

"루드, 비히."

전신이 녹색 촉수에 뒤덮인 끔찍한 모습의 루드비히. 그의 양손에는 천사들의 시체가 잡혀 있었다.

"아아!"

루드비히가 무릎을 꿇고는 두 팔을 벌려 사탄 쪽을 응시했다.

"위대한 사탄이시여!!"

-엉?

"나의 주인, 나의 왕!"

-아니.

"명령대로 천사들의 피로 대지를 적시고 있나이다!"

-야 이, 씨…….

루드비히가 손에 쥔 천사의 시체를 잡아 뜯었다. 천사의 날개가 뜯어지며 깃털이 흩날렸다. 새하얀 피가 대지를 적셨다.

"사, 탄."

라파엘은 덜덜 몸을 떨었다.

끔찍하게 전락한 루드비히의 모습. 그의 몸에서는 더 이상 한 줌의 성력도 느껴지지 않았다.

라파엘의 눈에서 한 줄기 눈물이 흘렀다.

자신의 사도가, 그 충실했던 빛의 아이가 저런 모습이 되었는데 자신은 악마의 속삭임에 흔들리고 있었다.

'미카엘 님의 말이 옳았습니다.'

악마의 말은 들을 가치가 없다.

라파엘은 손에 쥔 창을 굳건히 움켜쥐었다. 이번엔 절대 흔들리지 않겠다는 각오와 함께.

-하, 하하.

사탄의 입에서 헛웃음이 흘러나왔다.

-이런, 씨발… 진짜… 하하.

그는 두 손으로 머리를 움켜쥐었다. 그리고 공허한 웃음을 흘리며 검을 쥐었다.

-그래! 내가 루드비히를 타락시켰다!

붉은 가면 너머로 보이는 노란 눈동자가 촉촉해졌다.

-하하하!!! 그래! 씨발 다 내가 한 짓이라고!! 하하하하하!!!

한 줄기 눈물이 가면 아래로 흘러나왔다.

드디어, 모든 진실이 밝혀졌다.

-하하하! 그래! 다 내가 한 일이라고!!

사탄의 절규가 울려 퍼졌다.

그를 올려다보던 강우는 고개를 끄덕였다.

'드디어 인정했군.'

계속 반복된 거짓도 한계에 다다른 모양. 언제까지 철면피처럼 발뺌하나 했더니 이제야 본색을 드러내기 시작했다.

'이럴 줄 알았지.'

진실은 꺼지지 않는다. 아무리 사탄이 거짓된 어둠으로 진실을 가리려 해도 손바닥으로 하늘을 가리려는 짓. 그의 조악한 거짓말은 만천하에 탄로 났다.

"사타아아아아안!!"

머리끝까지 분노가 치밀어 오른 라파엘이 사탄을 향해 돌진했다.

강우는 은신의 권능을 사용한 채 잔해 위에 앉아 다리를 꼬았다.

'팝콘 하나만 있으면 딱 인데 말이야.'

세상에서 가장 재미있는 것은 불구경과 싸움 구경이라고 했던가. 영화관에서 영화를 본 경험은 없었지만 어떤 영화를 보더라도 지금 이 장면보다 재밌지는 못하리라 확신할 수 있었다.

'응?'

고개를 돌렸다.

"루드, 비히……."

가디언즈의 후방 부대를 향해 쏟아지던 산사태를 막아낸 후 다시 전장으로 복귀한 김시훈이 보였다.

김시훈은 새하얗게 빛나는 성검을 움켜쥔 채 루드비히의 앞에 섰다.

루드비히의 공허한 시선이 김시훈을 향했다.

"음……."

강우는 고민에 잠겼다.

'루드비히를 회수할까?'

사실 이번 계획에 있어 루드비히의 사용 가치는 끝났다. 그를 전력으로 써먹기 위해서는 도망치라 명령해서 회수하는 게 옳다.

"제길, 제길, 제기라아아알!!"

김시훈의 절규가 들렸다. 그는 처음으로 사귄 자신의 친우가 언데드로 타락한 모습에 절규하고 있었다.

그 모습을 바라보던 강우는 쯧, 하고 혀를 찼다.

'여기선 루드비히를 회수하는 게 오히려 독이 될 수도 있겠군.'

어비스 나이트는 전략적으로 높은 가치를 지니고 있었다. 간단하게 테스트해 본 결과 이기어검을 각성한 김시훈과 비슷한 정도의 전력.

'하지만.'

결국 루드비히는 거기까지다.

아직 앞날이 창창한 김시훈에 비해 언데드가 되어버린 루드비히는 그 이상의 경지로 나아갈 수 없다.

'시훈이를 계속 몰아붙이는 것도 좋지 않지.'

김시훈은 사탄의 손에 계속해서 '당하기만' 했다. 그의 사악한 계략을 극복하지 못했다.

'계속 이렇게 된다면.'

아무리 김시훈이라고 해도 부러진다. 자신은 아무것도 할 수 없다며 헤어나올 수 없는 자괴감에 빠져들어 버리고 만다.

'그건 곤란하지.'

당근과 채찍의 적절한 밸런스가 중요했다.

사탄의 손에 의해 언데드로 타락한 친구에게 자신의 손으로 안식을 주는 것. 그것은 김시훈에게 있어 일종의 마음에 응어리진 앙금을 풀 수 있는 속죄의 기회가 될 것이다.

'루드비히는 여기까지군.'

[마스터.]

때마침, 발자하크에게 연락이 왔다.

[루드비히에게 도주하라 명령하면 되겠습니까?]

"아니. 그냥 싸우게 내버려 둬."

[흐음.]

발자하크는 이해할 수 없다는 듯 침음을 흘렸다.

[알겠습니다. 그렇다면 되도록 상처를 입히지 않는 선에서

교전하라고 명령해 두겠습니다.]

"그것도 필요 없어. 전력으로 싸우게 해."

[……괜찮으시겠습니까?]

걱정스럽다는 목소리에 강우는 망설임 없이 고개를 끄덕였다.

사실 현 상황만 놓고 보면 김시훈이 불리하다. 둘의 전력은 비등비등했지만 김시훈은 방금 전까지 쏟아지는 산사태를 검한 자루로 막아내고 온 직후. 탈진하지 않고 여기까지 온 것이 용한 몸 상태였다.

'하지만.'

강우는 피식 웃었다.

'김시훈은 이긴다.'

논리는 없다. 직감에 기댄 얄팍한 예측. 신뢰라고 해도 좋으리라.

'그런 놈이니까.'

단순히 재능이 뛰어나기 때문은 아니다. 그에게는 무시무시할 정도로 굳건한 의지가 있다.

'내 힘을 끌어다가 쓸 정도로 막무가내인 놈이니까.'

이겨낼 것이다. 무슨 수를 써서라도.

"시훈이한테는 신경 꺼도 괜찮아."

[알겠습니다. 그렇다면 전…….]

"전면에 나서지 말고 언데드를 부려서 천사의 시체만 회수해."

지금 전쟁은 천사가 참여해 있다. 발자하크는 되도록 나서지 않는 게 좋다.

[왕의 뜻대로.]

통신이 끊어졌다.

강우는 고개를 들어 올렸다. 하늘에는 사탄과 라파엘이 격돌하며 울려 퍼지는 굉음이 계속해서 이어지고 있었다.

"언제까지 싸우는 거야."

슬슬 기다리는 것도 지겨워지고 있었다.

'껴들어?'

직접 나서서 사탄을 협공할까 고민하고 있을 때.

콰과과과과과과!!!

"응?"

거센 격류가 몰아치는 듯한 소리.

강우는 눈살을 찌푸리며 소리가 들리는 방향으로 시선을 옮겼다.

'저건……'

주먹 크기의 검은 무언가를 손에 쥐고 있는 사탄. 그 검은 물체를 중심으로 거대한 마기의 격류가 휘몰아치고 있었다.

'뭐야 저건.'

강우의 표정이 굳었다.

마정은 아니다. 단순한 마기의 결정이라고 보기엔 지나칠 정도로 '이질적'이다.

'뭐지.'

가늘게 눈을 떴다.

두근, 두근.

심장이 뛰었다. 입술이 바짝 마르고 목에 강렬한 갈증이 일었다.

'왜, 익숙한 느낌이 들지?'

휘몰아치는 어둠. 분명 본 적 없는 것이다. 구천지옥에서도, 지구에 돌아온 이후에도 보지 못했다.

하지만, 왠지.

'난, 저걸 알고 있어.'

머리가 아파 왔다. 만마전의 마기가 요동쳤다.

강우는 눈을 감고 항상 그래왔던 것처럼, 날뛰는 마기를 제어했다.

'침착해.'

이성을 유지해야 한다. 그 끈을 놓아버리는 순간, 날뛰는 마기에 잡아먹혀 죽는다.

강우는 가슴을 움켜쥔 채 깊게 심호흡하며 휘몰아치는 어둠을 응시했다.

"크윽! 이건 대체?"

당황한 것은 라파엘 또한 마찬가지. 그는 사탄이 꺼내 든 검은 어둠에서 오싹한 공포를 느꼈다.

'저건.'

두 눈을 부릅떴다.

'왜 저것이 이곳에……'

몸이 떨렸다.

아득한 신화의 시절, 신과 거인의 세계. 천신 세라핌과 가이아, 천룡 태무극이 세 개로 쪼개어 봉인했다는 '태초의 어둠'. 모든 마(魔)의 근원. 그 어둠의 파편이 사탄의 손아귀에 꿈틀거리고 있었다.

"사, 탄 네놈……"

라파엘의 표정이 창백히 질렸다.

사탄은 어둠을 움켜쥔 채, 검은 피를 토했다.

-크윽, 크아, 윽.

휘몰아치는 마기. 그 미칠 듯한 힘을 견디지 못한 것이다.

-제길! 제기랄!

거친 욕설이 흘러나왔다.

원래 이런 방식으로 쓸 계획은 아니었다. 하지만 마왕이 모습을 보이지 않는 이상, 눈앞의 라파엘이라도 당장 처치해야 했다.

'시간이 없다.'

마의 근원에 담긴 힘을 다룰 수 있는 것은 기껏해야 수십 초. 그 안에 결판을 내야 했다.

'우선 라파엘을 처리한다.'

그 뒤에는……

사탄의 입에서 검은 피가 쏟아졌다. 붉은 악마 가면이 검게 물들었다.

사실 처음 계획대로라면 여기서 마왕과 라파엘, 둘을 동시에 상대해야 했다. 하지만 계획이 틀어졌다. 마왕은 직접 모습을 보이지 않고 뒤에 떨어져 그를 조롱하고 있었다.

이미 실패한 계획.

'아직 끝이 아니다.'

사탄의 눈이 빛났다.

그도 마왕이 어떤 미친놈인지 잘 알고 있다. 때문에 최악의 최악을 상정했다. 마의 근원을 사용해도 마왕을 죽이지 못했을 때 정도는 생각해 뒀다.

'그곳에 마왕을 불러들일 수만 있다면.'

자신의 승리.

사탄은 날뛰는 마기를 몸에 받아들이며 '분노'를 들어 올렸다. 칠흑의 검신을 타고 무시무시한 마기의 소용돌이가 만들어졌다.

-죽어라, 라파엘.

"대체 어디서 그 끔찍한 악을 일깨운 것이냐!!"

라파엘이 일갈했다.

찬란히 빛나는 여덟 장의 날개. 빛이 모여 만들어진 성스러운 창이 사탄을 노렸다.

쿠우우우웅!

악몽 같은 굉음이 하늘을 쩌렁쩌렁 울렸다.

그 굉음이 강우의 생각에 잠긴 정신을 일깨웠다.

"저게 사탄이 숨겨둔 수, 인가."

강우는 알 수 없는 어둠에 휘감긴 사탄을 바라보며 가늘게 눈을 떴다.

사탄이 머저리가 아닌 이상 숨겨둔 수는 있을 거라 생각했다.

'그래서 라파엘을 먼저 보낸 거고.'

강우는 날카로운 눈으로 사탄을 살폈다. 예상했던 대로, 사탄은 꽁꽁 숨기고 있었던 카드를 꺼내 들었다.

'저게… 마기가 없는 지구에서 대공들이 힘을 되찾을 수 있었던 이유인가.'

솔직히 말해서, 꽤나 놀랐다.

그들이 숨기고 있는 것이 있을 것은 예상했다. 메마른 땅에서 싹이 트지 않듯, 마기가 없는 지구에서 악마교가 이 정도로 활성화될 수는 없었다. 하지만.

'이 정도일 줄은 몰랐는데.'

휘몰아치는 어둠을 몸에 두른 채 라파엘을 압도하는 사탄의 모습. 만약 정면에서 그와 싸웠다면 만마전을 개방하지 않고서는 도저히 상대할 수 없었을 것이다.

"뭐, 저놈도 멀쩡해 보이지는 않지만."

라파엘과 싸우면서 연신 피를 쏟아내는 사탄. 아마 대공조차 다루지 못할 힘이 저 어둠에 담겨 있는 것이 분명했다.

'과연.'

갈증이 솟고 침이 고인다.

쿵쿵. 심장이 미친 듯이 뛴다. 몸이 뜨겁다.

'어떨까.'

저것을 먹는다면.

"후우."

강우는 깊게 숨을 내쉬며 끓어오르는 욕망을 가라앉혔다.

콰득!

"커흑, 억!"

무언가 박살 나는 소리. 바짝 타들어 가는 입술에 침을 묻히며 고개를 들었다.

'결판이 났나.'

칠흑의 검에 꿰뚫린 라파엘이 신음을 흘리고 있었다.

강우는 가늘게 눈을 떴다.

'죽었나?'

새하얀 피를 쏟아내고 있는 라파엘의 모습. 그를 지그시 지켜보던 강우는 쯧, 하고 혀를 찼다.

'살았군.'

조금씩이지만 라파엘의 날개가 펄럭이는 것이 보였다, 치명상에 가까운 상처였지만 죽지는 않았다.

강우는 사탄을 향해 고개를 돌렸다.

-허억! 허억! 쿨럭!

계속해서 검을 피를 토해내는 사탄. 라파엘의 급소를 노리던 그의 검이 순간적으로 엇나가 다른 곳을 꿰뚫었다.

사탄의 표정이 일그러졌다.

'더 이상은 불가능하다.'

라파엘을 마무리 짓지 못한 것은 아쉽지만 더 이상 근원의 힘을 이용하는 것은 위험했다.

-크윽.

사탄은 고개를 두리번거렸다.

잔해 위에 앉아 있는 마왕의 모습이 그의 눈에 들어왔다. 권능으로 몸을 숨기고 있었지만, 지금이라면 어렵지 않게 그를 확인할 수 있었다.

'마왕.'

사탄의 눈이 이글거렸다.

마지막 도박 수. 최악의 최악을 가정했을 때의 방법을 취할 수밖에 없었다.

크그그그그그!

휘몰아치는 어둠이 검은 균열을 만들었다.

"아악!"

"도, 도망쳐!!"

어둠에 빨려 들어가는 악마와 플레이어들의 비명 소리. 마치 소형 블랙홀이 나타난 듯한 모습이었다.

사탄은 그 검은 균열 안으로 몸을 던졌다.

"……하."

강우는 사탄이 사라진 검은 균열을 올려다보았다. 헛웃음이 터졌다.

"그렇게 나오시겠다."

자신을 끝내 버리고 싶다면, 균열 안으로 몸을 던지라는 메시지.

강우는 천천히 몸을 일으켜 검은 균열을 응시했다.

"너무 대놓고 함정인데."

이쪽을 힐끔거리던 사탄의 모습만 봐도 알 수 있었다.

'귀여운 새끼.'

연기 한번 더럽게 못 한다.

"자, 그럼."

강우는 생각도 하지 않고 몸을 돌렸다.

적이 대놓고 파놓은 함정.

'굳이 어울려 줄 이유가 없지.'

뭐가 좋다고 함정일 것이 뻔한 저 안으로 들어가겠는가.

'일단 사탄은 나중에 더 이용해 먹……'

생각이 끊어졌다.

강우는 가슴을 움켜쥔 채, 활처럼 몸을 굽혔다.

"아, 으아."

두 눈이 부릅떠졌다. 미칠 듯한, 이제까지 경험하지 못한 강렬한 욕망이 전신에 퍼졌다.

"씨, 발. 뭐야, 이거."

덜덜 몸이 떨렸다. 끔찍한 갈증이 목을 자극했다.

[먹어라.]

누군가의 목소리가 들렸다.

[씹어 삼켜라.]

거부할 수 없는 목소리에 이성의 끈이 순식간에 흐려졌다.

"이런, 씨, 바."

강우는 몸을 웅크렸다. 땅에 손을 박아 넣고 대지를 움켜쥐었다.

"개, 같은. 흑염, 룡도, 아니고 시바. 뭔데, 이게."

악몽과도 같은 충동. 봉인된 흑염룡이 날뛰는 것도 아니고 이게 뭐 하는 짓이란 말인가.

강우는 날뛰는 마기를 필사적으로 제어했다.

'제기랄.'

마치 꼭두각시가 된 것처럼 두 다리가 움직이고 균열을 향해 천천히 몸이 나아갔다.

강우의 표정이 일그러졌다.

'못 벗어나.'

직감적으로, 지금 충동이 제어할 수 없다는 것을 느꼈다.

"씨발."

거친 욕설을 흘렸다.

강우는 더 이상 충동을 거스르지 않았다.

'어차피 거부할 수 없다면.'

적어도 자신의 두 발로 들어가리라.

등을 떠미는 충동을 무시하며 튕겨지듯 균열 안으로 뛰어들었다.

['태초의 어둠'의 악몽으로 진입합니다.]

푸른 메시지창이 떠올랐다.

['신성'이 시스템에 강제로 개입합니다.]
[레벨이 1로 조정됩니다.]
[모든 능력치가 1로 조정됩니다.]

◆ 4장 ◆
운이 없었어

거대한 공동. 투명한 얼음으로 만들어진 장소였다.

'여긴.'

고개를 들어 주변을 살폈다. 한 치 앞도 보이지 않는 칠흑이 내려앉은 동공이었지만 악마의 눈은 어둠 속에서도 어느 정도 시야를 확보할 수 있었다.

강우는 고개를 두리번거리며 한 걸음을 옮겼다.

"큭!"

이질적인 감각에 다리가 꼬였다. 평소 익숙한 보폭으로 발을 옮기자 무언가 감각이 어긋났다.

'뭐야.'

그제야 시야 구석에 떠오른 푸른 메시지창이 눈에 들어왔다.

표정이 거칠게 일그러졌다.

'신성'이 강제로 시스템에 개입했다는 메시지. 그리고.

"1레벨……."

단순히 레벨만 내려간 것이 아니다.

강우는 딱딱하게 굳은 표정으로 상태창을 열었다.

[상태창]

플레이어명: 오강우

레벨: 1 [1차 각성]

1차 각성 특성: 포식의 권능(Rank : ???)

힘: 1 / 민첩: 1

체력: 1 / 마력: 1

성력: 1 / 마기: 1

지능: 1 / 지혜: 1

"이런 씨발."

자연스럽게 거친 욕설이 흘러나왔다.

'이건 또 뭔 지랄이야.'

모든 스탯이 강제적으로 1로 낮춰졌다. 온몸을 짓누르는 무력감. 악마의 신체를 가진 탓에 스탯이 1에 불과하더라도 기본적인 육체 스펙은 인간보다 우월했지만 어차피 거기서 거기.

평범한 일반인보다 조금 체력이 좋은 수준으로 몸이 약해져 있었다.

'이게… 신성의 힘이라고?'

신성이 우주의 섭리, 시스템에 개입할 수 있는 힘이라고는 들었다. 하지만 아무리 그렇다고 해도 이건 도를 넘어섰다.

'지구에 처음 왔을 때도 이 정도까진 아니었는데.'

그때만 해도 모든 스탯이 1까지 내려간 것은 아니었다.

"……무슨 일이야 이게."

한 세계를 수호하는 가이아 시스템이 과부화가 걸릴 정도로 신성을 탕진해도 그의 힘을 봉인하지 못했는데, 이렇게 어처구니없이 모든 힘이 봉인된다고?

'말이 안 되는데.'

태초의 어둠이고 나발이고 이건 가능한 수치가 아니다.

머릿속이 혼란스러웠다. 앞뒤가 맞지 않는 퍼즐을 맞추는 듯한 감각.

철벅, 철벅.

혼란에 빠져 있던 강우의 귓가에 발소리가 들렸다. 방금 막 물가에서 걸어 나온 것 같은, 질척한 발소리.

강우는 낮게 몸을 숙이며 몸을 돌렸다. 어둠 속에서 무언가 걸어오는 것이 보였다.

"……."

굳게 입이 다물어졌다.

반으로 쪼개진 머리. 흘러내리는 뇌수. 몸을 타고 검은 피가 쏟아졌다. 발자하크가 만들어낸 것 같은 끔찍한 언데드.

"아, 으아."

썩은 고름이 떨어지는 손이 강우를 향한다.

마치, 그를 껴안으려고 하는 것처럼.

"하."

헛웃음이 흘러나왔다.

언데드 같은 것이 아니다. 언데드일 리가 없다. 지금 그를 향해 다가오는 악마의 시체는, 이미 흔적도 없이 사라진 지 오래 됐으니까.

"마, 마왕, 님."

애타게 그를 부르는 목소리. 반으로 머리가 쪼개진 끔찍한 몰골의 악마가 강우를 향해 다가왔다.

그 악마의 이름을 알고 있다.

"파이몬."

한 때, 그의 부하였던 악마.

악마답지 않게 소심했던 것으로 기억한다. 발록이 자주 구박했었지. 발록에게 혼나고 풀 죽어 있는 놈의 어깨를 몇 번 두드려 주면 배시시 웃던 것이 떠오른다.

'악마가 그따위로 웃어도 하나도 귀엽지 않은데 말이야.'

파이몬. 그에 대한 기억을 떠올렸다.

'멍청한 새끼.'

그는 사탄의 군세에 포위당하기 전, 홀로 시간을 벌기 위해 폭탄을 들고 적진으로 돌진했다. 그리고 죽었다.

그렇게 소심하던 놈이, 매일 발록에게 구박받던 머저리가.

"하……."

'먼저 도망치십쇼!'

'헤헤. 꼭 이기셔야 합니다.'

"씨발."

철벅, 철벅.

고개를 돌렸다.

이쪽을 향해 걸어오는 발소리는 하나가 아니었다. 사방에서 발소리가 들려왔다.

"아가레스."

뭘 해도 표정 변화가 없던 재미없는 자식. 그는 마몬에게 불타 죽었다.

"베르딘, 켈자스."

더럽게 시끄러웠던 놈들. 아스모데우스에게 사로잡혀 세뇌당했지. 자신의 손으로 직접 그들을 죽였던 기억이 난다.

"마, 왕니임."

"아, 아아."

흐느끼는 듯한 목소리.

짓이겨지고 뭉개진 그들이 피를 쏟아내며 걸어오고 있었다. 싸구려 B급 좀비 영화에 나올 듯한 광경.

"……그렇게 된 거군."

한숨이 흘러나왔다.

레벨과 스탯이 1이 된 것. 한 세계를 수호하는 시스템이 신성을 탕진해 가면서도 하지 못했던 일들을 할 수 있었던 이유. 모든 힘이 '봉인된 것처럼' 보였던 이유.

'여긴.'

현실이 아니다. 현실과 환상, 그 사이에 위치한 어딘가. 악몽이라는 이름이 적절한 장소.

'그래서 처음에 악몽의 진입했다고 나왔나.'

어긋났던 퍼즐이 맞춰지는 감각.

강우는 손을 들어 칼날의 권능을 운용했다.

"쯧."

권능이 발현되지 않는다. 그의 가슴 속에 자리 잡은 만마전은 조용히 침묵하고 있었다.

'아니지.'

고개를 저었다.

만마전이 전혀 느껴지지 않는다. 오강우라는 인간의 영혼. 그것만이 따로 빠져나와 악몽 속에 갇힌 감각. 지금 그에게는 원래 그가 지니고 있었던 포식의 권능과 1 스탯에 불과한 마기 외에 아무것도 없었다.

강우는 한숨을 내쉬며 손가락을 깨물었다.

으득.

통증이 느껴졌다.

'고통은 완전히 똑같이 느껴지는군.'

그렇다면.

강우는 가늘게 눈을 떴다.

'악몽 속에서 죽는다면 진짜 죽을 가능성이 높다 이건가.'

귀찮은 일이다.

"하아."

강우는 깊은 한숨을 내쉬었다.

그 순간에도 과거 자신의 부하였던 악마들은 그를 향해 천천히 다가오고 있었다.

하나하나 그 얼굴을 살핀다. 함께했던 기억을, 천 년 동안 이어진 전쟁을 떠올렸다.

'발록……'

시체의 산. 주저앉아 흐느끼는 자신의 모습이 보였다.

'이제, 지쳤어.'

"지랄."

얼굴이 화끈해졌다. 과거의 기억에 고개를 저었다.

'내가 미쳤지.'

이 얼마나 수치스러운 기억인가. 이불을 걷어차다 못해 찢어발겨도 괜찮을 흑역사다.

"아, 시바 쪽팔려."

감성 팔지 말라고 신나게 말하던 놈이 온갖 감성이란 감성은 세트로 팔아버렸다. 흑역사도 이런 흑역사가 없다.

'그때 발록이 뭐라고 했더라.'

상황에 맞게 끝장나게 오그라드는 대사를 날렸던 기억이 난다.

저벅. 저벅.

기억을 되짚는 그의 귓가에, 무거운 발소리가 들렸다.

강우는 고개를 돌려 어둠 너머를 응시했다. 칠흑을 장막처럼 두른 채, 붉은 가면을 쓴 악마가 걸어오는 것이 보였다.

-죽은 부하들과의 재회는 어떤 기분인가?

붉은 악마 가면에서 웃음소리가 흘러나왔다.

강우는 담담한 목소리로 그 악마의 이름을 입에 담았다.

"사탄."

-이렇게 단둘이 대화하는 것은 정말로 오랜만이군, 마왕.

사탄은 이글거리는 눈빛으로 강우를 노려보았다.

-네놈이 한 미친 짓거리들은 아주 잘 감상했어. 덕분에 모든 계획이 비틀어졌지.

타오르는 분노로 가득한 목소리.

-대체 차원의 벽에 충돌하고 어떻게 살아왔는지는 모르지만… 그것도 여기까지다.

사탄은 손을 들었다. 칠흑의 검이 그 모습을 드러냈다.

강우는 담담히 물었다.

"여긴 어디지?"

-태초의 어둠이 자리한 곳.

"그렇게 말하면 어떻게 알아들어, 이 빡대가리 새끼야."

사탄의 몸이 떨렸다.

그는 터질 듯한 분노를 참아내듯 몇 번 심호흡하더니 천천히 말을 이었다.

-마의 근원……. 마신 바울리의 시체가 묻혀 있는 장소다.

마신 바울리. 마신이라는 말에 자연스럽게 직경 1킬로미터에 달하는 거대한 눈알이 떠올랐다.

'같은 놈인가?'

만마전의 심연에 자리 잡은 정체를 알 수 없는 존재. 과연 그가 저 바울리인지는 아직 알 수 없었다.

머릿속이 복잡해졌으나 이내 생각을 접었다.

'나중에.'

지금은 생각할 때가 아니다. 당장 눈앞의 일을 처리하는 게 급하다.

강우는 이쪽으로 기어오고 있는 망자들을 내려다보며 물었다.

"그런 것치고 현실에 존재하는 공간이 아닌 것 같은데."

-현실과 허상이 뒤섞인 공간이지.

사탄은 웃었다.

-완전한 현실이 아니라고는 하나 이곳에서 죽으면 네 영혼은 소멸할 것이다.

대충 예상하고 있던 일에 강우는 담담히 고개를 끄덕였다.

사탄은 눈살을 찌푸렸다.

-꽤나 담담하군.

이해할 수 없는 일이다.

-지금 네게는 만마전의 무한한 마기도, 수십, 수백의 권능도, 플레이어라는 시스템의 축복도 없다.

오강우라는 인간의 영혼. 오롯이 그 영혼만이 빠져나와 이 알 수 없는 공간에 갇혔다. 그에게 남은 거라고는 고작 빈껍데기 포식의 권능과 1 스탯에 불과한 먼지 같은 마기뿐.

-패배를 받아들인 거냐?

승패는 이미 갈렸다. 이 공간에 발을 디딘 순간, 육신의 무력은 의미가 없다.

사탄은 마왕에게 육신이 먹힌 후 영혼 상태에서 힘을 다루는 법을 자연스럽게 익혔다. 지난 수천 년간 마의 근원을 흡수하며 이 현실과 허상이 뒤섞인 공간에서 힘을 사용하는 법도 터득했다.

하지만 마왕은 다르다. 그가 지닌 힘의 원천은 만마전이라는 무한한 마기. 수십, 수백에 달하는 권능이다. 영혼만 남은 지금 그는 평범한 인간만도 못한 나약하고 하찮은 무력을 지니고 있었다.

"……."

강우는 답하지 않았다.

사탄은 피식 웃었다.

-뭐, 좋다.

천천히 발걸음을 옮긴다. 순순히 그를 죽여줄 생각은 없었다.

-네놈에게 참 많은 것을 당했지.

악몽과도 같은 기억이었다.

대공의 이름에 먹칠을 한 것부터, 처절한 패배를 당한 것. 그에게 육신을 잡아먹히고, 영혼만 간신히 도망쳐 나온 것.

-지구에서만 해도…….

사탄은 치밀어 오르는 분노에 뒷목을 잡았다. 온갖 선동과 날조 속에서 그는 고통받아야 했다.

이제 그 달콤한 복수를 이룰 시간이었다. 타오르는 듯한 분노에 걸맞은 복수. 생각나는 것은 하나밖에 없었다.

-네 부하들에게 뜯겨 죽어라.

딱.

짙게 웃으며 손가락을 튕겼다.

"으, 아악."

파이몬이 다가왔다. 아가레스도, 베르딘과 켈자스도 그의 옷자락을 붙잡았다.

파이몬이 고름이 뚝뚝 떨어지는 팔로 그를 안았다. 반쪽만 남은 눈에는 눈물이 흐르고 있었다.

"아, 으. 마, 왕님. 아, 파요."

"……."

"너무, 아파, 요."

굳게 입을 다물었다.

이건 파이몬이 아니다. 어디까지나 악몽이 만들어낸, 파이몬을 흉내 내는 인형에 불과하다. 억지로 슬픔을 쥐어짜 내기 위한 싸구려 연극.

"살, 려, 주세, 요."

가짜라는 걸 알고 있는 입장에서 감정의 동요가 있을 리가 없다.

"아, 아악. 마왕, 님."

이미 다 끝난 일이다. 눈물을 질질 짜내며 한 편의 흑역사도 만들었다. 이제 와서 이런 환상에 감흥이 있을 리가.

"아파, 아파."

"몸이 타고, 있습니다."

"뜨거워, 뜨거워."

망자의 손이 그를 붙잡았다. 썩은 고름에서 나오는 악취가 코를 자극했다.

화나지도, 슬프지도 않다. 설사 저들이 허상이 아닌 진짜 부하의 시체였다고 해도 다르지 않을 것이다.

전쟁을 일으켰다. 이유가 무엇이든, 모든 대공을 상대로 싸웠다. 아무도 죽지 않는 것이 오히려 이상한 일 아닌가? 그들이 얼마나 처참하고, 비참하고, 처절하게 죽었던 전쟁에서 누군가 죽는 것은 당연한 일이다. 자신만 해도 셀 수 없이 많은 악마를 죽여왔다. 악마라고 감정이 없는 존재가 아니다. 누군가에게는 그들도 소중한 존재였겠지.

"마왕, 님. 아, 아파. 아파요."

그러니까, 아무렇지도 않다.

'이제, 지쳤어.'

다시금, 과거의 기억이 떠오른다.

병신처럼 질질 짜며 무너졌던 기억. 흑역사, 싸구려 감성팔이. 어디에나 있을 뻔한 흔한 클리셰. 손발이 찌그러지는 유치찬란한 에피소드.

하지만. 하지만, 하지만.

"아, 아아."

몸을 붙잡은 망자. 그들의 눈에서 진득한 살기가 뿜어져 나왔다.

"네가, 네가, 네가."

"우리를, 죽였어."

"너만, 아니었으면."

증오에 찬 눈빛. 악에 받친 목소리가 귓가에 들렸다.

콰득.

파이몬이 그의 어깨를 붙잡았다. 날카로운 손톱이 살을 뚫었다.

"죽어, 죽어!"

아가레스가 다리를 움켜쥔 손에 힘을 더했다. 허벅지의 살점이 뜯겨 나갔다.

"다, 너 때문이야!"

"네가, 전쟁을, 일으키지만 않았더라도!"

격해지는 망자의 목소리.

베르딘과 켈자스가 각각 팔을 잡아당겼다. 우드득. 두 팔이

기형적인 각도로 꺾였다.

강우는 무덤덤한 표정으로 자신의 몸을 뜯어버리는 부하들을 바라보았다.

나지막이 입을 열었다.

"기억났다."

그때, 발록이 무슨 말을 했는지 떠올랐다.

'처음 저와 만났을 때 기억나십니까.'
'앞에 뭐가 있든, 마왕님이 해야 할 일은 하나라고 하셨죠.'

악의에는 더 큰 악의로. 살의에는 더 큰 살의로.

세상 모든 것을 씹어 삼키며 앞으로, 앞으로.

"X발, 생각보다 더 오그라들잖아."

돌아가면 발록의 뒤통수부터 한 대 후려갈겨 주리라.

콰득.

입을 벌려 달라붙은 파이몬의 목덜미를 있는 힘껏 씹었다.

우드득.

썩은 고름이 흘러나오는 살점을 씹어 삼킨 후 스탯 1의 먼지만 한 마기를 일으켜 권능을 사용했다.

'포식의 권능.'

우득.

몸 안으로 들어온 파이몬의 육체, 정확히는 '마의 근원'으로 이루어진 허상을 마기로 바꿨다.

[마기 스탯이 26 상승합니다.]
['마의 근원'을 포식했습니다.]
[마신이 되는 마지막 단계의 두 번째 조건이 달성되었습니다.]

시끄럽게 울리는 메시지와 함께 먼지만 했던 마기가 폭발적으로 불어나기 시작했다.

-음?

사탄이 눈살을 찌푸렸다.

망자에게 뜯어 먹히는 것이 아닌, 오히려 망자를 뜯어 먹고 있는 강우의 모습이 보였다.

-지금 무슨 짓을…….

우드득. 우드득.

"마, 마왕, 님."

"사, 살려."

망자들의 육체가 빠른 속도로 뜯어 먹혔다.

[마기 스탯이 21 상승합니다.]

강우의 몸에서 검은 액체가 흘러나왔다.

무수한 이빨이 돋아 있는, 검은 점액질.

[마기 스탯이 81 상승합니다.]

파이몬과 아가레스, 베르딘과 켈자스의 몸이 날카로운 이빨에 씹어 삼켜졌다.

-이런 미친…….

사탄의 두 눈이 부릅뜨였다.

'마의 근원'이 만들어낸 허상을 뜯어 먹고 있는 마왕의 모습.

-대체, 어떻게.

지금 마왕에게는 아무것도 없다. 남아 있는 것은 기껏해야 1에 불과한, 먼지만 한 마기.

포식의 권능이 있다곤 하지만 고작 1에 불과한 마기로 '마의 근원'을 먹을 수는 없다.

포식의 권능과 마기의 상관관계. 간단하게 비유하면 입의 크기다. 마기가 많을수록 더욱 많은 것을, 더욱 단단한 것을 먹어치울 수 있다. 하지만 지금 마왕의 마기는 고작 1.

'그런데.'

다른 것도 아니고 '마의 근원'을 먹을 수 있다고? 잇몸만 남은 입으로 금덩이를 씹어 삼키는 것과 무엇이 다른가.

"새끼 신나게 털리기만 하더니 배워 처먹는 게 없네."

쯧쯧. 혀를 찼다. 망가지고 뜯어졌던 육체가 빠른 속도로 복구되기 시작했다.

-서, 설마 네놈!

"아니, 뭐. 대공이란 새끼들은 원래 다 각성 플래그 꼽기 장인이냐. 시파 너희랑 싸우다 보면 죽은 새끼도 벌떡 일어나서 각성하겠다, 이 한심한 놈들아."

뭐만 하면 뒷짐 지고 구경하다가 '이런 미친?', '대체 어떻게?' 이 지랄을 한단 말인가. 이쯤 되면 미안해서라도 각성해 주지 않으면 안 될 분위기다.

'뭐, 각성은 아니다만.'

김시훈도 아니고 위기의 상황에서 각성하는 것은 아니다. 이것은 명백한 사탄의 실책. 안일한 대처가 불러온 당연한 결과라고 해도 좋으리라.

"그렇게 겪고도 날 몰라?"

부하의 시체를 짓밟으며, 몸을 일으켰다.

흰자위가 검은색으로 변했다. 파충류의 그것처럼, 노랗게 변한 눈동자. 눈동자를 가로지르며 검은 동공이 나타났다.

"날 죽이고 싶었으면."

입가를 비틀어 웃었다.

"0으로 만들었어야지."

[마기 스탯 150에 도달하였습니다.]

-크윽……!

사탄의 표정이 일그러졌다.

그는 칠흑의 검을 붙잡은 채, 거칠게 발을 굴렀다. 그러자 어둠이 요동치며 원형으로 퍼져 나갔다.

검을 높게 들어, 마왕의 머리를 노렸다.

'빨리 죽여야 한다.'

초조함이 밀려왔다. 무언가 잘못됐다. 달콤한 복수고 나발이고 신경 쓸 여유가 없었다.

'대체, 왜?'

의문이 꼬리에 꼬리를 물고 이어졌다. 그렇게 겪고도 자신을 모른다고? 0으로 만들었어야 한다고?

'개소리.'

방심한 것이 아니다. 과거 지옥에서도 마왕을 상대로 방심했다가 끔찍한 패배를 경험했다. 뒷짐 지고 구경한 것은 방심했기 때문이 아니라 '진짜로 자신이 이겼기' 때문이다.

-제길, 제길, 제기랄!

만마전을 사용하지 못하도록 했다. 수십, 수백의 권능 또한 막아버렸다. 육체와 이어진 아주 희미한 끈 때문에 먼지만 한 마기를 남기게 됐지만 그게 뭐란 말인가.

'거기서 뭘 더 했어야 한단 말인가.'

마왕의 상태는 사지가 뜯겨 나가고, 이빨이 모조리 뽑힌 짐승이나 다를 바 없었다. 그 정도로 만들었으면 달콤한 복수를 위해 조금 뜸을 들여도 괜찮았지 않은가. 이제까지 당해온 울분을 풀 시간 정도는 즐겨도 되지 않은가.

'그조차도.'

하지 못한다는 건가.

사탄은 이를 악문 채 검을 휘둘렀다.

콰득!

마왕의 몸이 반으로 갈라졌다. 하지만 그것도 잠시.

쿠드드득.

마왕의 몸에서 흘러나온 검은 점액질. 날카로운 이빨이 돋은 그 점액질이 주변에 가득한 어둠을 뜯어 먹었다.

반으로 갈라진 마왕의 몸이 순식간에 복구됐다.

멈추지 않고 팔을 움직였다. 팔, 다리, 머리. 다시 한번 다리. 물 흐르듯 이어지는 참격. 마왕의 몸이 여러 갈래로 갈라지고, 다시 붙었다.

-절멸(絶滅).

절멸의 권능. 권능에 닿는 범위에 붕괴를 일으키는, 살상력에서는 최상급에 드는 권능. 대공이라 하더라도 적중당하는 그 순간 치명상을 피할 수 없는 위협적인 권능이 '분노'의 검신을 타고 뿜어져 나갔다.

비처럼 쏟아지는 검은 검기.

쿠드드드득!!

잘게 쪼개진다. 권능에 닿은 마왕의 몸이 곤죽이 되어 흩어진다. 검은 피가 사방에 튀었고, 내장과 혈관, 근육이 밖으로 빠져나왔다.

'죽었다.'

마왕이고 나발이고 살아 있을 수가 없는 수준의 대미지. 절멸의 권능이 담긴 검기는 마왕의 육체를 세포 단위로 붕괴시켰다.

머지않아 마왕의 모든 육체가 붕괴되어 바닥에 처참히 눌어붙었다.

사탄은 굳게 입을 다물었다.

이겼다. 승리했다. 절멸의 권능을 무방비하게 맞았다. 설사 전성기 때의 마왕이라고 할지라도 이 정도로 절멸의 권능을 맞으면 죽는다. 하물며 만마전을 가지고 있지 않은 지금에야 두말할 것도 없다.

'그런데.'

사탄의 몸이 떨렸다. 불길하다. 불쾌하다. 어설픈 연극을 보는 것처럼 위화감이 느껴진다.

"너무 당하고만 살아서 PTSD라도 온 것 아니야?"

바로 옆에서 들리는 소리. 사탄은 두 눈을 부릅뜨며 다급히 검을 휘둘렀다.

콰드드득!!

반쯤 녹아내린 채 재생하고 있던 마왕의 몸이 다시 세포 단위로 붕괴되어 흩어졌다.

-허억, 허억.

사탄은 거친 숨을 몰아 내쉬었다.

불길한 예감은 적중했다. 마왕은, 아직 죽지 않았다.

'어떻게?'

모든 것이 혼란스러웠다.

만마전을 잃은 마왕이 대체 무슨 방법으로 '마의 근원'을 포식할 수 있었는지. 절멸의 권능에 몸이 붕괴되고도 어째서 살아 있을 수 있는 건지.

'말이 안 되잖아.'

미칠 것만 같았다.

마왕이 아무리 괴물 같은 존재라고 해도 이건 말이 되지 않는다. 상식 자체가 파괴되는 감각.

사탄은 꿀꺽 침을 삼키며 검을 쥐었다.

-대체 어떻게······.

"그게 말이야."

다시금 들리는 목소리에 반사적으로 '분노'를 휘둘렀다.

마왕의 머리가 반으로 갈라지고 하얀 뇌수가 사방에 튀었다.

그리고.

"장소가 영 좋지 않았어."

반으로 갈라진 머리에서, 입만이 움직였다.

사탄의 표정이 창백하게 질렸다. 머리통이 반으로 잘린 상태에서 멀쩡히 말하는 것은, 아무리 대공이라고 해도 참기 힘든 공포를 만들어냈다.

-괴, 물.

공포에 질린 목소리로, 서서히 재생하고 있는 마왕을 바라보았다.

머리가 반으로 쪼개져도, 온몸이 산산이 찢어발겨져도 멀쩡히 다시 살아나는 존재. 그것을 괴물이라 부르지 않으면 대체 뭐라 불러야 한단 말인가.

"날 죽이고 싶었으면 마기가 하나도 없는 곳에 가뒀어야지."

강우는 짙게 웃으며 손을 뻗었다. 날카로운 이빨이 달린 검은 점액질이 흘러나와 주변 어둠을 뜯어 먹었다. 그러자 여러 갈래로 찢겨 나갔던 그의 몸이 빠른 속도로 재생했다.

명백한 사탄의 실책. 마의 근원, 마신의 시체가 있는 곳으로 그를 유도한 것은 병신 같은 판단이었다.

스탯 조정? 만마전의 봉인? 아무런 의미가 없다.

'이곳은.'

강우는 입맛을 다셨다.

심장이 뛰었다. 목을 태우는 갈증이 몸을 지배했다.

입술을 핥았다.

'먹을 것 천지니까.'

마기로 가득 찬 공간, 아니, 마기 자체로 만들어진 공간. 사탄이 자신을 위해 만찬회를 열어준 것이 아닐까 의심스러울 정도로 완벽한 먹거리였다.

'이야, 혜자네 혜자야.'

악마교를 통해 그의 성장을 전폭적으로 지원해 준 것도 모자라 이런 만찬회를 열어주다니. 이쯤 되면 사탄이 사실 아군이었던 게 아닐까 하는 킹리적 갓심이 들었다.

"여윽시 너밖에 없다!"

강우는 가볍게 발을 박차 사탄에게 접근한 후, 그의 어깨를 두들겼다.

사탄이 다급히 검을 휘둘렀다. 강우의 몸이 다시 산산이 찢어져 바닥에 흩어졌다.

-이, 이, 개자식이…….

사탄은 부들부들 몸을 떨며 강우를 노려보았다.

격렬한 분노가 치밀어 올랐다. 마왕을 죽이기 위해 파둔 함정이, 오히려 그에게 도움을 줬다고?

'그럴 리가.'

마의 근원은 일반적인 마기로 이루어 있지 않다.

마의 근원의 정체는 마신의 조각난 시체. 그 마기에는 '신성'이 담겨 있었다. 근원에 담긴 마기를 흡수하기 위해 천 년이 넘는 세월이 걸렸다.

아무리 마왕이 포식의 권능을 가지고 있다지만.

'이렇게 간단하게.'

먹을 수 있을 리가 없다.

-대체.

아니, 먹을 수 없었어야 했다.

-어떻게 마의 근원을 먹을 수 있는 거냐!!

차오르는 울분을 토해내며 사탄은 마구잡이로 분노를 휘둘렀다.

검은 검기가 폭풍처럼 주변을 휩쓸었다. 어둠이 요동쳤다.

재생되던 강우의 몸이 검기에 찢겨 터져 나갔다.

-허억, 허억, 허억.

미친 듯이 검을 휘둘렀다. 이 모든 것이 현실이 아니라고, 악몽이라고 부정하고 싶었다.

"그냥 되던데?"

바닥에 흩어진 마왕의 살점이 꿈틀거리며 모였다.

낄낄 웃고 있는 마왕의 모습이 보였다.

-그냥… 됐다고?

말도 안 되는 개소리.

강우는 어깨를 으쓱였다.

"아니, 진짜야. 그냥 먹어지더라고."

마기를 제어하는 데 탁월한 능력을 지니고 있기 때문도 있다. 포식의 권능이 워낙 사기적인 권능이 이유도 있을 것이다.

하지만 그 이상으로.

"솔직히 말하면, 나도 잘 모르겠어."

마의 근원이라는 거창한 이름치고는 너무도 쉽게, 어처구니없을 정도로 간단하게 먹을 수 있었다.

마치, '처음부터 자신의 것'이었던 것처럼.

"생각보다 준비는 잘했어. 뭐, 함정인 건 나도 알았는데… 설마 이 정도라고는 생각 못 했거든."

현실과 허상이 뒤섞인 공간. 육체에서 영혼을 따로 뽑아와 그 힘을 봉인하다니, 상상도 해보지 못한 방법이다. 스탯이 1로 내려가고 만마전조차 사용하지 못했을 당시에는 꽤나 당황했던 것도 사실.

"그런데."

강우는 웃었다. 그리고 손을 들어 올렸다.

우득, 우드득.

사방으로 뻗어 나간 검은 점액질이 점점 그 몸을 키웠다.

공간 자체가 포식의 권능에 씹어 먹히면서 막대한 마기가 몸속으로 밀려 들어오기 시작했다.

일반적인 마기와는 달랐다. 만마전의 '깊은' 쪽의 마기와도 달랐다.

'이건.'

만마전의 가장 깊은 곳. 아직 강우의 손이 닿지 않은 장소.

'심연.'

정체불명의 눈깔이 잠들어 있는 그곳의 마기와 닮아 있었다. 마기 자체가 품고 있는 힘의 격이 달랐다.

"그냥 넌 운이 없었어."

운이 없다.

이 표현만큼 지금 상황에 적절한 말이 어디 있을까.

완벽하다고는 할 수 없었지만, 사탄 나름 열심히 머리를 굴려 만든 함정. 제대로 통했다면 이곳에서 부하의 망령에게 처참히 뜯겨 죽었겠지.

하지만.

쿠구구궁!!

마기로 이루어진 공간이 뒤틀렸다.

['태초의 어둠'의 악몽이 무너지고 있습니다!]

메시지가 떠올랐다.

정확히는 무너지고 있는 것이 아니다. 모조리, 하나도 남김 없이 뜯어 먹히고 있는 것이다.

-아, 아아.

사탄의 입에서 절망에 찬 신음이 흘러나왔다.

악몽의 공간이 무너져 내리며 모든 것이 원래대로 돌아오고 있는 것이 느껴졌다. 현실과 허상이 뒤섞인 공간에서, 다시 생생한 현실의 공간으로. 그것이 의미하는 것이 무엇인지 모를 정도로 사탄은 눈치 없지 않다.

[시스템에 대한 '신성'의 개입이 사라졌습니다.]
[모든 레벨과 스탯이 원상태로 복구됩니다.]

"돌아왔나 보네."

강우가 피식 웃음을 흘리며 몸을 일으켰다.

고개를 들었다. 거대한 얼음으로 뒤덮인 공간에 30미터 크기의 검은 구체가 있는 것이 보였다.

"이게 네 본체구나?"

강우는 검은 구체에 손을 댔다. 그리고 마기를 흘려 넣어 그 정체를 확인했다.

'마신의 시체와 융합했네.'

마의 근원 속에 들어가 있는 사탄의 모습. 그제야 왜 그가

'악몽'속에서 그리 당당했는지 완전히 이해됐다. 사탄은 다른 대공과 달리 처음부터 '육체의 복구'를 포기한 채 마의 근원과 영혼을 융합시킨 것이다.

그러니까.

'이놈에게는 홈그라운드였겠군.'

적어도 악몽 속에서 놈은 그 어떤 악마보다 강할 수밖에 없었다. 마의 근원에 영혼을 아예 섞어 넣어버렸으니까.

-으, 아아.

30여 미터에 달하는 검은 구체에서 신음이 흘러나왔다.

-어째서, 어째서, 어째서어어어어어!!!

처절한 절규. 억울함과 울분에 찬 비명이 공동을 가득 울렸다.

당연했다. 그는 천 년도 더 전부터 마의 근원의 힘을 받아들이기 위해 영혼을 융합했다. 육체조차 버린 채 그 힘을 받아들였다.

그런데, 자신이 쌓아 올린 모든 것이 너무도 어처구니없게 마왕의 손에 무너졌다.

-운이, 없었다고? 운이 없어?

철저하게 준비해 온 계획. 그 실패의 원인이 그냥 '운이 없었'기 때문이라니.

-어흑…… . 으허헝.

서러움이 폭발했다.

마왕에게 패배한 후, 지구에 떨어져 천 년이 넘도록 부활의 때를 꿈꿔왔다. 하지만 갑자기 마왕이 자신을 사칭하기 시작했고 저지르지도 않은 온갖 죄를 뒤집어썼다. 참고 인내하며 간신히 복수를 이루게 됐다고 생각했더니, 오히려 마왕에게 진수성찬을 차려서 바친 꼴이 되었다.

-나한테… 나한테 왜 그러는 거야…….

신이 있다면 묻고 싶다.

-허어엉. 내가… 내가 뭘 그렇게 잘못했는데…….

하다못해 대공다운 최후라도 맞이했더라면, 이토록 서럽지는 않았을 것이다.

-내가, 시바 그래도… 사탄인데……. 다른 악마도 아니고… 사탄인데…….

분노의 대공. 대공 중에서도 바알 다음으로 강력한 악마인데.

-으허허허허헝.

서러움에 눈물이 멈추지 않았다.

저벅, 저벅.

강우가 천천히 걸어왔다.

그는 30여 미터에 달하는 거대한 검은 구체를 올려다보며 중얼거렸다.

"그러니까… 이걸 먹으면 마의 근원이랑 사탄의 영혼을 동시에 먹을 수 있다는 거구만."

만족스러운 미소를 지으며 고개를 끄덕인 그가 검은 구체를 향해 손을 뻗었다. 만마전이 돌아온 만큼 막대한 마기가 그의 전신에서 뿜어져 나왔다.

검은 액체가 흘러나와 뭉치더니 30여 미터의 검은 구체를 통째로 씹어 삼킬 수 있을 정도로 거대한 입이 만들어졌다.

-아, 안 돼……! 그, 그만둬!! 그만두라고!!

"오늘도 일용할 양식을 마련해 주신 사탄 님. 감사히 잘 먹겠습니다."

콰드드득!

거대한 입이 검은 구체를 통째로 씹어 삼켰다.

'이런 걸 원 플러스 원이라고 하나?'

삐빅, 행사 상품입니다.

-으, 아아아아아!!

사탄의 절규가 귓가에 들렸다.

무시한 채, 포식의 권능을 이어갔다.

카드득. 카득.

거대한 입. 새하얀 이빨이 수백, 수천 개가 돋아 있는 괴물의 입이 구체의 표면을 씹었다.

검은 구체에 균열이 생기고 벌어진 균열을 통해 검은 피가 쏟아져 내렸다. 호러 영화에서나 나올 법한, 그로테스크한 광경.

그 영화의 메인 괴물 역을 담당할 강우는 포식의 권능에 한층 더 마기를 불어 넣었다.

콰직!

검은 구체를 보호하고 있는 껍질이 완전히 박살 났다.

강우의 입가에 짙은 미소가 지어졌다.

계란의 껍데기를 부쉈다.

'이제 남은 것은.'

단단한 껍데기 안에 보호되고 있던 마기를 남김없이 먹어치우는 것.

"하아, 하아."

숨이 거칠어졌다. 타오르는 듯한 갈증이 느껴지고 군침이 흘렀다.

마의 근원을 씹어 먹기 전, 강우는 잠시 움직임을 멈췄다. 그리고 가늘게 눈을 떴다.

'이상해.'

납득가지 않은 것이 있었다. 풀리지 않은 의문이 있었다.

'왜 이렇게 쉽게 먹을 수 있는 거지.'

사탄도 똑같이 품었을 의문.

강우는 굳게 입을 다문 채 생각에 잠겼다.

'마신의 시체라고 했던가.'

악몽 속에 갇혀 있을 때 미처 하지 못했던 생각을 이어갔다.

'아마 저 마신이라는 놈이 심연에 자리 잡은 그 눈깔 괴물

놈이겠지.'

그때 분명 자신이 마신이라 당당히 밝혔던 기억이 난다.

강우는 지금 이 순간에도 계속 욕망을 충동질하는 그 존재를 느꼈다.

[먹어라.]

귓가에 울려 퍼지는 목소리. 바짝 타들어 간 입술. 끔찍한 갈증이 목을 자극한다.

[남김없이 먹어치워라!]

"거참."

눈살을 찌푸렸다. 마음에 들지 않는다는 듯 혀를 찼다.

"새끼 더럽게 시끄럽네."

'시체'라는 표현을 썼다면 마신은 아득한 과거에 누군가의 손에 의해 죽었을 것이다. 몸이 조각조각 찢겨 나간 채.

그 마신이라는 놈이 뜬금없이 자신의 '안'에 있는 이유는 여전히 알 수 없었다. 그가 무슨 목적을 지니고 있는지, 정확한 정체가 무엇인지도 모른다. 하지만.

"그렇게 짖어대지 않아도 어련히 먹을 거야."

피식 웃었다.

마신을 품고 있건 말건 중요치 않다. 놈의 목적이 무엇인지, 무엇을 원하는지 대강 예상할 수 있었다. 아마도 검은 균열 속으로 들어가게 만든 것도 마신의 짓이겠지.

'마음에 들지 않아.'

자신의 몸의 제어권을 빼앗기는 감각은 아주, 아주 불쾌한 일이었다.

강우는 천천히 눈을 감았다.

[지금 당장 먹으란 말이다!]

쩌렁쩌렁 울리는 목소리. 쥐어짜 내는 듯한 강렬한 갈증이 전신에 퍼졌다.

'천천히.'

강우는 눈을 감은 채 정신을 집중했다. 그리고 몸을 불태우듯 끓어오르는 욕망을 제어했다.

머지않아, 타오르는 듯한 갈증이 점차 사그라지기 시작했다.

'그렇지.'

머릿속이 빠른 속도로 돌아간다.

지금 마신이라는 놈이 할 수 있는 충동질과 자신의 제어력을 저울질한다. 처음에는 익숙지 않았지만, 어느 정도 시간이 들자 서서히 그의 제어력이 돌아오고 있었다. 욕망을, 날뛰는 마기를 제어하는 것에는 자신이 있다.

"자, 그럼."

고개를 들었다.

귓가에 울려 퍼지는 시끄러운 목소리. 타들어 가는 갈증. 그 모든 것을 무시한 채 깊게 숨을 들이쉬었다.

포식의 권능을 사용했다. 껍데기가 박살 난 검은 구체의 내부를 통째로 씹어 먹었다.

콰드득! 콰득!

섬뜩한 소리와 함께 몸 안에 마기가 흘러들어 왔다.

[경고, 경고.]

['신성'이 담긴 마기입니다. 현재 단계에서 완전히 다룰 수 없습니다!]

눈앞에 떠오르는 메시지창.

무시했다. 아니, 정확히 말하면 그 메시지를 신경 쓸 상황이 아니었다.

"크윽."

침음이 흘러나왔다.

몸이 활처럼 꺾였다. 마른땅에 물을 들이부은 것처럼, 무시무시한 양의 마기가 만마전 안으로 흘러들어 오고 있었다.

[마기 스탯이 153으로 상승했습니다.]

[마기 스탯이 172로 상승했습니다.]

계속해서 떠오르는 메시지.

말이 되지 않는 속도로 마기 스탯이 올라가고 있었다.

'위험해.'

강우는 입술을 깨물었다. 스탯이 오르는 것에 대해 순수하게 기뻐할 수 없었다. 만마전의 가장 깊은 곳, 심연에 갇혀 있던 마기가 미친 듯이 날뛰며 범람하고 있었다.

'문이 박살 난다.'

만마전의 입구를 지키고 있는 세 개의 문. 그 문에 조금씩 금이 가는 것이 느껴졌다.

강우의 표정이 창백하게 질렸다.

'이대로라면.'

먹힌다. 생각할 것도 없다. 모든 문이 강제로 박살 나는 순간 미쳐 날뛰는 마기에 그대로 잡아먹힌다.

그리고.

'다, 죽겠지.'

이성을 잃어버린 상태로 만마전이 모두 개방된다면, 그 뒤는 어렵지 않게 상상할 수 있었다.

'먹는다'는 욕망 외에 아무것도 남지 않은 자신의 육체는 이별의 모든 생명체를 집어삼키기 전까지 멈추지 않을 것이다. 아니, 모든 생명체를 죽인다고 해도 멈출지 알 수 없다.

[하, 하하하하하하!! 그래!! 드디어 이 순간이 왔구나!!!!]

광기에 찬 웃음소리가 들렸다. 마신이 울부짖는 목소리가 귓가에 들렸다.

[아직 세 개 중 하나밖에 없지만……. 뭐, 예언의 시작을 알리는 정도로는 나쁘지 않지.]

낄낄 웃으며 알 수 없는 말을 중얼거린다.

[예언의 때가 도래했도다! 두려움에 떨어라, 모든 필멸자들이여!]

목소리와 함께 저 심연 깊은 곳에서 무언가 올라오려고 하는 것이 느껴졌다.

거대한, 도저히 그 크기를 짐작할 수 없을 정도로 거대한 몸을 지닌 거인. 그 거인의 손이 심연 속에서 빠져나왔다.

[나는 죽음이다, 나는 종말이다, 나는…….]

"거, 씨바 사탄 같은 새끼가 하나 더 있었네."

강우는 거친 숨을 몰아 내쉬며, 짙게 웃었다.

마신은 놀랍다는 목소리로 말했다.

[호오? 아직 제정신이 남아 있었나?]

낮은 웃음소리.

[자, 네 역할은 여기까지다. 이제부턴 내가 그 육체를…….]

"지랄 똥 싸고 있네."

강우는 낄낄 웃었다.

예상했던 목적. 알고 있던 전개. 생각해 둔 결과. 뻔할 뻔 자의, 재미도 감동도 반전도 없는 지루한 놈.

"내가 말했지."

이전, 심연 속에 들어갔을 때를 떠올렸다.

"깝치지 말라고."

[…….]

"네가 바라는 순간은 안 와. 예언의 때고 나발이고 넌 영원히 그곳에 갇혀 있을 거야."

[감히, 내가 누군지 알고…….]

"넌 나 알아 인마?"

알 리가 없다.

물론, 꼭두각시니 네 역할이니 지껄이는 것을 봐서는 뭔가 나름대로의 계획은 있었겠지.

하지만.

자신이 만든 꼭두각시가 정작 '누구인지'에 대해서는 하나도 알지 못한다. 그가 어떤 인간인지, 무엇을 겪어왔고 무엇을 넘어왔으며 무엇을 할 수 있는지 그는 모른다.

"어? 아냐고 이 새끼야."

모르지?

"모르면 그냥 입 닥치고 찌그러져 있어."

폭발하듯 치솟는 마기. 이성의 끈이 희미해지는 것이 느껴졌다.

'받아들일 수 없다면.'

버린다. 날뛰는 마기를 완전히 제어할 수는 없다. 하지만 어느 정도 방향을 유도하는 것까지는 가능하다.

가슴에 손을 올렸다. 범람하는 만마전의 마기의 방향을 튼다.

'밖으로는 내보낼 수 없어.'

여기가 어딘지는 알 수 없지만, 이걸 그대로 폭발시키면 상상할 수 없는 재앙이 일어난다.

'그렇다면.'

강우의 눈이 빛났다. 밖이 불가능하다면, 남은 방법은 하나.

'가장 깊은 곳에 처박아 넣는다.'

마신이라는 놈이 잠들어 있는 곳. 만마전의 가장 깊고, 넓은 구역.

[마기 스탯이 168로 낮아졌습니다.]
[마기 스탯이 153으로 낮아졌습니다.]

날뛰는 마기를 만마전의 가장 깊은 곳으로 처박아 넣는다.

쓰레기봉투를 발로 짓밟아 압축하는 것과 마찬가지. 그 힘을 사용할 수 없는 건 아쉽지만, 다른 선택의 여지가 없다.

'뒤지는 것보다는 이게 낫지.'

어차피 완전히 버리는 것도 아니다. 나중에 때가 되면, 사용할 수 있을 것이다.

[대체 무슨……!]

신나게 기어 나오려고 했던 마신이 다시 심연 속으로 빨려 들어가기 시작했다.

[어떻게 이게 가능…….]

그의 목소리가 점점 희미해졌다.

강우는 망설이지 않고 한 번 더 강하게 그를 짓밟았다.

[아, 안 돼!!]

한 번 더.

[대체 넌 뭐 하는 새…….]

마지막으로 온 힘을 담아.

[…….]

포식으로 흡수했던 마기와 함께 심연으로 통하는 문이 완전히 닫혔다.

[마기 스탯이 150으로 낮아졌습니다.]

'딱 이 정도.'

마신이 되는 마지막 단계의 조건 중 하나는 스탯 150을 달성하는 것. 아무 이유도 없이 150이라는 수치를 들이밀지는 않았을 것이다.

'지금 다룰 수 있는 한계가 150이라는 건가.'

그 이상은 '완벽하게' 제어할 수 없다. 마기란 것은 완벽하게 제어할 수 없는 순간 바로 독이 된다.

"어쨌든."

강우는 몸을 일으켰다.

150이라고 해도 원래 스탯 140이었다는 것을 고려하면 한 번에 10이나 오르게 된 셈.

'조건도 두 개나 달성했고.'

마신이 되기까지 남은 조건은 하나. 그것이 뭔지는 아직 알 수 없었지만 3개 중 2개를 달성했다는 것은 확실히 고무적인 일이었다.

딸그락.

검은 구체가 완전히 사라진 자리. 덩그러니 남아 있는 칠흑의 검을 손에 쥐었다.

'분노.'

사탄의 지옥 무구.

강우는 오른손 중지에 낀 반지를 내려다보았다.

"아직 탐욕도 다 소화 못 한 것 같은데."

마해의 열쇠에 마기를 불어 넣어봤지만 별다른 반응이 없었다.

'계속 집어넣어도 되려나.'

알 수 없었다.

시험 삼아 마해의 열쇠를 '분노'가 있는 곳에 가져다 대었다.

콰드득!

마해의 열쇠가 갑작스럽게 반응하며 '분노'를 집어삼켰다.

['분노'를 흡수하였습니다.]

[소화가 완료되기까지 시간이 연장되었습니다.]

"역시 더 오래 걸리는 건가."

강우는 쯧, 혀를 찼다.

그래도 오래 걸리는 것 외에 다른 페널티가 없다면 딱히 상관은 없었다.

'어차피 무기에 기대서 싸우는 것도 아니고.'

무기야 권능을 조합해 얼마든지 만들어낼 수 있다.

"자, 그럼."

강우는 고개를 돌렸다.

그때였다.

[네, 놈.]

머릿속에 누군가의 말이 울려 퍼졌다.

처절한 절망과 분노가 담긴 목소리. 마신의 것은 아니었다.

강우는 눈살을 찌푸렸다.

"사탄?"

[으, 아. 아.]

꺼져갈 듯이 희미한 신음.

강우는 어깨를 으쓱였다.

'완전히 소화되지 않은 건가.'

하긴, 마신의 시체와 융합한 영혼이었다. 쉽게 소화하는 것이 오히려 더 이상했다.

'뭐, 어차피.'

시간의 문제다. 머지않아 그의 영혼은 조각조각 흩어져 만마전 속으로 녹아 들어갈 것이다.

[이런, 짓을 하고, 무사할, 수 있을 것, 같으냐.]

"응?"

[언제까지, 네 거짓이⋯ 탄로 나지 않을 거라⋯⋯.]

"그건 또 무슨 소리야."

강우는 눈살을 찌푸리며 물었다.

[네가, 내게, 뒤집어씌운, 모든 일들이⋯ 언젠가는⋯⋯.]

"그러니까, 뒤집어씌웠다는 게 뭔 말이냐고."

이해할 수 없다는 듯 고개를 저었다.

[⋯⋯뭐?]

"모두 네가 벌인 일이잖아. 알렉을 죽인 것도, 레이날드를 죽인 것도, 루드비히까지 타락시킨 것도."

[그게 무슨, 헛, 소리.]

"하."

헛웃음이 흘러나왔다.

'뻔뻔한 것도 정도가 있지.'

이 모든 일의 진실이, 그 진범이 누구인지는 이미 만천하에 밝혀졌다. 사탄 자신도 그것을 인정하지 않았던가.

"괜히 생사람 잡지 마."

[야, 이. 개…….]

"후우. 정말… 끝까지 추하다 사탄아. 이쯤 됐으면 인정할 때도 됐잖아?"

[이, 씨발, 새, 끼가…….]

"더 이상 말을 해봐야 뭘 하겠냐."

자신의 죄를 끝까지 부정하는 놈과 계속 말해봤자 이쪽만 스트레스받을 따름.

"그럼……."

사탄은 죽었다.

하지만, 그렇다고 해서 모든 일이 끝난 것은 아니다. 아니, 오히려 지금부터가 가장 중요했다.

"나가볼까."

강우는 몸을 돌려 얼음으로 이루어진 공동을 빠져나갔다.

[아, 아아.]

잔향처럼, 사탄의 목소리가 귓가를 맴돌았다.

마왕이 이런 놈이라는 건, 그도 익히 알고 있었다. 하지만.

[아무리 그래도 이건 좀⋯⋯.]

끝없이 펼쳐진 마기의 바다. 그 속에 잠긴 사탄은 오열했다.

◆ 5장 ◆

끝나지 않은 위협

카앙!!

맑은 쇳소리가 울려 퍼지고 성검을 쥔 손을 타고 강렬한 충격이 전해졌다.

"크윽!"

김시훈의 몸이 뒤로 밀려났다. 바닥을 디딘 발이 대지에 깊게 박혔다.

"하아, 하아."

거칠어진 숨소리.

검 자루를 쥔 손이 덜덜 떨렸다.

"루드비히……."

고개를 들자 루드비히의 모습이 눈에 들어왔다.

시체처럼 창백한 피부. 넘실거리는 마기와 몸을 휘감고 있는 역겨운 녹색 촉수. 그의 기억 속 루드비히의 모습과는 너무도 다른 모습.

"제길."

김시훈은 입술을 깨물었다.

손이 떨렸다. 전신을 짓누르는 피로감에 당장에라도 쓰러질 것 같았다.

사탄의 공격으로 두 번째 산사태가 일어난 후. 그를 막기 위해 너무도 많은 내공을 쏟아부었다.

'안 돼.'

김시훈은 흐릿해지는 의식의 끈을 잡았다.

'아직 쓰러지면 안 돼.'

타락한 루드비히의 모습이 눈에 들어왔다.

루드비히의 공허한 눈빛에는 더 이상 인간으로서의 감정이 조금도 느껴지지 않았다. 저런 상태로, 저렇게 처참한 모습으로 그를 내버려 둘 수는 없었다.

'내 손으로 끝내야 해.'

자신이 해야 할 일이다. 자신이 끝내지 못한 일이다. 그가 매듭을 짓지 않으면 의미가 없다.

"후우."

깊게 숨을 내쉬고 단전을 쥐어짜 내며 내공을 끌어 올린다.

"크, 아으."

"……."

괴물처럼 괴성을 흘리고 있는 루드비히. B급 좀비 영화에서 친구가 좀비가 됐을 때와 비슷한 상황일까.

'너무 흔해 빠진 장면이라고만 생각했는데.'

클리셰가 괜히 클리셰겠는가. 타락한 루드비히의 모습은 김시훈의 뇌리에 낙인처럼 새겨졌다.

"크아아아아!!"

루드비히가 돌진했다.

김시훈은 굳게 입을 다문 채 검을 쥐었다. 성검 루드비히. 그의 친구의 이름과 같은 검에서 새하얀 빛이 흘러나왔다.

'창룡난무.'

성검에서 쏟아진 새하얀 검기가 폭풍처럼 주변을 휩쓸었다.

루드비히는 어디서 구했는지도 모를 대검을 든 채 검기의 폭풍에 몸을 던졌다.

까가가가가강!!!

불꽃이 튀었다. 쇠를 망치로 두드리는 소리가 일 초에도 수십 번 이상 울려 퍼졌다.

"크르르르!"

쿵.

거칠게 진각을 밟은 루드비히가 대검을 횡으로 휘둘렀다.

특별한 기술도, 복잡한 묘리도 없다. 그냥 압도적인 파워를 이용한 공격.

"크웃!"

고개를 낮춰 공격을 피했다. 머리칼이 흔들리며 루드비히의 검이 스쳐 지나간다. 검을 따라 휘몰아치는 풍압만으로도 피부가 벌어지며 피가 흘렀다.

김시훈은 발을 박차 거리를 벌렸다.

'정면 대결은 답이 없어.'

힘도, 스피드도 루드비히 쪽이 압도적. 마기 특유의 파괴적인 기운을 쉬지 않고 뿌려댔다.

이 상황에서 정면 대결은 자살행위였다.

김시훈은 굳게 입을 다물었다.

숨을 들이쉬었다. 검사인 그에게 정면 대결이 불가능하다면, 남은 방법은 한 가지뿐.

'이기어검.'

손을 든다. 전장 곳곳에 널브러져 있던 무기들이 공중으로 날아올랐다. 바닥을 보이던 내공이 빠른 속도로 닳아갔다.

"크, 아으."

비틀.

김시훈의 몸이 휘청거렸다.

머리가 뜨겁다. 구역질이 날 것처럼 속이 울렁거린다.

[경고.]

[내공이 부족합니다. 더 이상의 내공은 운용하면 '주화입마' 상태에 돌입합니다.]

"크윽……."

시야가 일그러진다. 손끝이 떨리며 무력감이 전신을 짓누른다.

'어쩌, 라고.'

이를 악문 채, 고개를 든다. 주화입마고 나발이고 지금 신경 쓸 때가 아니다.

카앙! 캉! 카아앙!

총을 쏘듯 검을 쏘아 보낸다. 공중에 떠오른 수십 개의 무기가 루드비히를 향해 쏟아졌다.

"크아아아아!!"

루드비히가 대검을 휘둘렀다. 난폭한 짐승이 날뛰는 것처럼 본능에만 의지한, 막무가내 공격.

카앙.

쏟아지는 창이 대검에 맞는다. 박살 났다. 철퇴가, 낫이, 도끼가 박살 났다. 쪼개지고, 비틀리고, 잘려 나간다.

"쿨럭."

김시훈의 입에서 피가 토해졌다.

내공을 쥐어짜 낸 탓에 주화입마가 시작됐다.

속이 뒤틀리는 듯한 감각. 뜨거운 용암이 혈관을 돌며 전신을 태우는 고통이 느껴졌다.

"아, 으."

손을 뻗었다. 바닥에 떨어진 성검을 쥐려고 했다.

땡그랑.

힘이 들어가지 않는 손아귀가 성검을 놓쳤다.

"……."

자연스럽게 그때의 기억이 떠올랐다. 마몬에게 양팔이 사라진 후, 검을 쥐지 못하게 되었을 때의 기억.

두려움이 밀려왔다. 공포가 몸을 잠식했다.

"혀, 형."

그의 이름을 불렀다. 고개를 두리번거리며 애타게 찾았다.

'항상 이럴 때는…….'

이제는 피가 이어진 가족보다도, 더욱 소중한 사람이 된 형의 얼굴이 떠올랐다.

그랬다. 언제나 이럴 때는, 강우가 나타나 그를 도왔다.

사탄이 심어둔 씨앗으로 타락했을 때도. 마몬에게 두 팔을 잃고 쓰러졌을 때도. 루시퍼의 권속들에게 죽기 직전까지 몰렸을 때도.

그리고.

'처음, 김영훈에게 당했을 때부터.'

강우는 언제나 가장 위급할 때, 가장 절실할 때 나타나 그를 도왔다.

"하, 하하."

웃음이 흘러나왔다.

김시훈은 고개를 숙였다. 허탈한 웃음이 계속해서 흘러나왔다.

"진짜… 병신 새끼."

한심한 쓰레기. 겁 많은 머저리.

처음부터 알고 있었다. 깨닫고 있었다. 외면했을 뿐이다. 보기 싫은 것에서 눈을 돌렸을 뿐이다.

'나는……'

단 한 번도. 스스로 일어서 본 적이 없다는 사실을. 언제나 그의 도움만 받으며 살아왔다는 사실을. 그의 재능도, 노력도, 신념과 의지도 강우가 없었다면 아무런 의미가 없었다는 것을.

"……"

김시훈은 다시 손을 뻗어 성검을 움켜쥐었다.

'일어서.'

검을 지팡이처럼 땅에 박아 넣은 채, 후들거리는 다리로 몸을 일으켰다.

'지금이 아니면.'

대체 언제 스스로 일어설 수 있단 말인가.

[경고, 경고.]
[주화입마 상태에 돌입합니다.]

"닥쳐."

눈앞에 떠오른 메시지창을 신경질적으로 치우고 검을 쥔 채 루드비히를 향해 겨눴다.

'강우 형.'

강우의 뒷모습이 보였다. 고독하게, 홀로 앞으로 걸어가는 그의 모습.

그가 걷는 길의 주변에는 아무것도 없었다. 모든 것을 짊어진 채, 그는 계속해서 앞으로 걸어갈 뿐이다.

"이젠."

언제까지 그의 뒤를 따를 것인가. 언제까지 뒷모습만을 멍하니 바라볼 것인가.

김시훈은 후들거리는 두 발에 힘을 주었다.

강우의 도움도, 무신의 도움도 없었다. 처음으로, 정말 지긋지긋한 패배 끝에 홀로 일어섰다.

"함께 걸어가겠습니다."

아득히 보이는 강우의 뒷모습. 그 뒷모습을 향해, 거칠게 발을 굴렀다.

"쿨럭! 쿨럭!"

새빨간 선혈이 쏟아졌다. 덜덜 다리가 떨렸다. 당장에라도 눈이 감길 것 같았다.

"아, 으, 아."

희미한 의식의 끈을 붙잡으며 고개를 들었다. 루드비히가 가슴을 움켜쥔 채 쓰러진 것이 보였다.

그의 심장을 꿰뚫은 새하얀 검의 이름은, 공교롭게도 그의 이름과 같은 루드비히였다.

"김, 시훈……?"

순간적으로, 그의 의식이 돌아온 것 같다. 루드비히는 덜덜 떨리는 손을 그에게 뻗었다.

"놈을, 조심… 모든 일은… 그놈이 벌인……."

루드비히는 무언가를 말하려 했다.

김시훈은 굳게 입을 다문 채 루드비히의 몸을 땅에 눕혔다. 그가 무슨 말을 하려 했는지 예상하는 것은 어렵지 않았다.

"알고 있다. 루드비히."

"……."

"사탄은 꼭 내 손으로 처단할게."

"아, 니… 그게 아니……."

"편히 쉬어라."

더 이상 루드비히를 고통받게 할 수는 없었다. 김시훈은 망설임 없이 루드비히의 가슴에 박힌 성검을 비틀었다. 루드비히의 몸이 검은 가루가 되어 허공에 흩어졌다.

"크윽……."

후들거리는 다리에 힘을 줘 몸을 일으킨 후 주변 전장을 살폈다.

'거의 끝났나.'

어느새 전쟁은 막바지에 들어서 있었다.

천사들과 빛의 감시자, 가디언즈가 협력한 연합군은 악마교의 세력을 몰아붙였다. 끝까지 질기게 버티던 악마들도 검은 피를 뿌리며 하나둘씩 쓰러졌다.

"……."

악마교와의 기나긴 싸움도 슬슬 그 끝을 보이고 있었다.

김시훈은 성검에서 손을 뗐다. 성검이 빛의 가루로 흩어져 그의 몸속으로 들어왔다.

비틀거리는 걸음으로 산을 올랐다.

샤르기엘. 짧은 은발을 지닌 천사가 어딘가로 다급히 달려가는 모습이 보였다.

"라파엘 님! 정신 차리십쇼, 라파엘 님!!"

샤르기엘은 바닥에 쓰러진 라파엘을 부여잡은 채 다급히 외쳤다.

김시훈이 다가가 물었다.

"사탄에게 당한 것입니까?"

"……예."

샤르기엘은 입술을 깨문 채 고개를 끄덕였다.

김시훈은 주먹을 움켜쥐며 물었다.

"사탄은 어떻게 됐습니까?"

"검은 균열을 만들어 도주했습니다. 그리고… 영웅신 티리온의 사도가 그 뒤를 따랐습니다."

"뭐, 뭐라고요?"

김시훈은 두 눈을 부릅떴다. 청천벽력 같은 소식.

"혀, 형님이 혼자서 사탄의 뒤를 쫓았다는 말씀입니까?"

"그렇습니다."

세상이 노랗게 변하는 듯한 감각.

김시훈의 몸이 떨렸다.

아무리 강우라고 하더라도 홀로 사탄의 뒤를 쫓는 것은 자살행위였다.

"제길, 제길!!"

다급히 주변을 살폈으나, 검은 균열의 모습은 보이지 않았다.

"그 검은 균열이 처음 나타난 곳은 어딥니까!"

"이미 균열은 사라졌……."

"어디냐고요!!"

샤르기엘의 멱살을 움켜쥐며 외쳤다. 루드비히와의 싸움으로 인해 몸이 완전히 넝마에 가까워졌지만, 가만히 있을 순 없었다.

'구해야 해.'

탈진? 주화입마? 어쩌란 말인가. 강우를 구하기 위해서라면 몸이 박살 난다고 해도 상관없었다.

"저기서 처음……."

샤르기엘은 절박한 김시훈의 표정을 바라보며 한쪽을 가리켰다.

쩌적!

그때였다. 유리에 금이 가듯 허공에 검은 균열이 만들어졌다. 김시훈과 샤르기엘, 주변에 있는 천사들과 가디언즈의 시선이 다시 나타난 균열에 몰렸다.

"크웃!"

"아, 아직도 안 끝난 거야?"

천사와 플레이어들의 표정에 절망이 서렸다.

"형님!!"

김시훈은 균열이 있는 곳을 향해 달리며 손을 뻗었다. 새하얀 빛이 모여들어 검이 만들어졌다.

초조한 표정으로 검은 균열을 응시했다.

쩌적!

균열이 크기를 키웠다.

그 속에서…….

"쿨럭! 쿨럭!"

"혀, 형님?"

강우가 나타났다.

온몸에 상처가 가득한 모습. 당장에라도 쓰러지려는 강우를 김시훈이 다급히 부축했다.

샤르기엘 또한 강우를 향해 빠른 걸음으로 걸어왔다.

"형님, 상처는 괜찮으십니까?"

"크으……. 괜찮아."

강우의 표정이 일그러졌다.

말로는 괜찮다고 했지만 전혀 괜찮아 보이지는 않았다. 옷은 넝마가 되었고, 몸 곳곳에서는 '붉은' 피가 흘러내리고 있었다.

샤르기엘이 딱딱하게 굳은 표정으로 물었다.

"사탄은… 죽이신 겁니까?"

모든 천사와 플레이어의 몸이 움찔거렸다.

이번 전쟁에서 가장 중요한 목표. 예언의 악마, 사탄.

강우는 굳게 입을 다물었다.

무겁게 가라앉은 분위기. 시끄러운 전장에 침묵이 흘러내렸다.

"사탄은……."

주먹을 움켜쥐며, 입술을 깨물었다.

"도망쳤습니다."

차마 말을 잇기 힘들다는 듯, 강우는 고개를 떨궜다.

"아, 아아."

사방에서 신음이 흘러나왔다.

이렇게 많은 피를 흘리고도, 이렇게 많은 희생을 치러도. 사탄은 죽지 않았다. 예언의 악마는 살아 있다.

위협은, 끝나지 않았다.

[가디언즈, 악마교의 본단 격파! 드디어 인류에는 평화가 찾아오는가…….]

[악마교의 수장, 사탄 도주. 아직 위협은 끝나지 않아…….]

[승리의 주역, 검룡 김시훈과 퍼스트레이디 그레이스 맥커빈, 그리고 천사들에 대하여.]

[위기의 전장. 갑작스럽게 나타난 황금빛 영웅의 정체는?]

[황금빛 영웅의 정체… 검룡 김시훈의 의형 '오강우'로 밝혀져.]

악마교와의 전쟁이 끝난 후, 전 세계는 이번 전쟁에 대한 이슈로 시끄러웠다.

가디언즈에 대한 찬사와 경외, 전쟁의 주역이 된 영웅들에 대한 소식에 사람들은 열광했다.

격변의 날 이후 최대의 위협이라고 여겨지던 악마교가 가디언즈의 손에 패퇴했으니 당연한 결과. 세계 각국에서 가디언즈를 향해 보내는 지원은 대폭 늘어났고 가디언즈에 들어오고 싶다는 플레이어 또한 폭발적인 숫자로 늘어났다.

'세계의 수호자'라는 타이틀에 걸맞은 위상을 이제야 손에 넣은 느낌.

악마교의 패퇴와 플레이어들의 평균 레벨의 상승, 몬스터에게 점령당했던 지역의 수복이 이뤄지면서 사람들은 이제야 평화의 시대가 왔다며 환호했다.

물론 일각에서는 악마교의 수장인 사탄이 죽지 않고 도주했다는 점에서 아직 안심할 수 없다고 위험을 강조하고 있으나 대중들에게 큰 어필이 되지는 못했다.

사람들은 보고 싶은 것을 본다. 민간인을 납치해 악마의 제물로 삼는다는 끔찍한 교단이 아직 살아 있다는 소식보단 궤멸했다는 소식이 더 듣기 좋았을 테니까.

진실이야 어쨌든 세계 각국은 격변의 날 이후 유례없는 평화를 맞이하고 있었다.

작성자(신작 쓰는 트레샤): 야 ㅋㅋㅋ 이번에 악마교 본단 진짜 개털렸다는데??

└완결 난 제리엠 : 엌ㅋㅋㅋㅋㅋ 개또라이 새끼들 드디어 정의 구현 됐네.

└새싹 사계수 : 와, 근데 국뽕 개쩌네. 이번에도 검룡이 거의 메인으로 활약했다면서?

└다이어트 실패한 나비계곡 : 사실 근데 메인은 천사 아니었음?? 천사 없었으면 개발렸을 것 같은데.

└완결이 머지않은 흙수저 : 근데 그 갑툭튀한 오강우란 놈도 있잖아. 걔가 마지막까지 사탄 따라가서 싸웠다는데.

└다시 태어난 우진 : 사실 오강우가 가디언즈의 숨은 실세라는 게 학계의 정설.

"음……."

강우는 뉴스에 달린 댓글들을 살피며 스마트폰의 화면을 밑으로 내렸다.

대부분은 이번 승리에 대해 축하하는 분위기였지만 그중에는 전쟁 중간에 참여한 황금빛 영웅에 대한 얘기도 섞여 있었다. 언론에서도 자신의 사진과 함께 추측성 글들이 마구잡이로 쏟아지는 중.

"뭐, 이제 알려질 때도 됐나."

언제까지고 감추고 있을 수 있다고는 생각지 않았다. 이름이 알려지지 않은 것이 편하지만, 그것도 한계가 있다.

그나마 다행인 점은 승리의 주역으로 평가받는 검룡 김시훈과 천사들에 비해서는 훨씬 주목을 덜 받고 있다는 것 정도.

'그래도 모습을 보인 시간이 길지 않았으니까.'

처음 바르바토스를 죽였을 때와 마지막을 제외하고는 딱히 전장에 모습을 보이지 않았다. 필요 이상으로 유명세를 타지는 않을 것이다.

"좋군."

강우는 느긋이 침대에 누웠다.

입꼬리가 자연스럽게 올라갔다.

악마교는 패배했다. 가디언즈에겐 사탄이 도주했으니 아직 위협이 끝난 것이 아니라는 식으로 말해뒀지만, 그는 진실을 알고 있다.

"꺼억."

사탄은 죽었다. 남김없이 뜯어 먹었다. 소화가 완전히 되지 않아 간간이 들리던 오열 소리도 이제는 거의 들리지 않는다.

'이제야 좀 쉴 수 있겠네.'

속을 썩이던 짐 하나를 내려놓은 기분.

'시훈이 생각하면 좀 미안하긴 하지만.'

김시훈은 사탄이 살아서 도망쳤다는 소식에 혹사에 가까운 수련을 반복하고 있었다. 언제 그가 복수하러 올지 알 수 없다는 것이 그 이유.

'어쩔 수 없었지.'

강우는 가늘게 눈을 떴다.

사탄을 죽이는 데 성공했음에도 '살아 있다'고 말한 이유.

'놈은 계속 예언의 악마로 있어줘야 하니까.'

만약 사탄이 죽었다고 알고 있는 상황에서 갑자기 신이 계시를 내려 '예언의 악마는 살아 있다'라고 트롤짓을 하면 곤란해지는 것은 자신이다. 예언의 악마는 사탄이어야 하며, 그는 절대로 죽어서는 안 된다.

'그래야.'

강우는 활짝 웃었다.

'더 써먹을 수 있으니까.'

사트 키는 이젠 그에겐 없어서 안 될 소중한 카드가 되었다.

강우는 사탄을 어떤 타이밍에 또 써먹으면 좋을까 즐거운 궁리를 하며 콧노래를 흥얼거렸다.

[흐어어어어엉.]

어딘가 멀리서 희미한 오열 소리가 들렸다.

오열은 무시하고 가늘게 눈을 떴다.

"한 가지 아쉬운 건……."

그가 기대했던 것 이상으로 이번 계획은 잘 풀렸다.

아쉬운 것이 있다면 한 가지.

'라파엘이 살았다는 것 정돈가.'

심지어 그는 도망친 사탄을 찾겠다며 추가 병력을 불러오겠다는 말까지 했다. 또 다른 대천사가 지구로 넘어올 수도 있다는 의미.

"끄응."

마음에 들지 않았다.

천사들과 지금은 좋은 관계를 유지하고 있는 것은 사실이지만 과연 언제까지 그럴 수 있을지 불안한 것이 사실.

'일단 무조건 잡아떼는 수밖에 없나.'

영웅신 티리온의 사도 오강우. 이것으로 밀어붙이면서 그들과 협력 관계를 이어나가는 것이 가장 현명했다.

'아직 대공도 다 정리 못 했는데 천사까지 끼어들면 너무 복잡해져.'

기껏 사탄을 죽이면서 한 시름 덜었는데 또 다른 골칫거리를 만들고 싶지는 않았다.

강우는 깍지를 낀 채 베개처럼 벴다.

'이제 네 놈 남았나.'

남은 대공은 레비아탄과 아스모데우스, 루시퍼. 그리고…….

'바알.'

강우의 표정이 살짝 일그러졌다.

"하아… ×발."

자연스럽게 욕설이 흘러나왔다.

'딱 예전에 싸웠을 때 그 정도라면 큰 문제 없을 텐데……'

가늘게 눈을 떴다.

천 년 전쟁. 그때보다 대공들은 오히려 더 강해져 있었다. 마몬이나 벨페고르는 그렇다 쳐도 사탄은 확연히 그 차이가 느껴질 정도였다.

'전에 먹은 마의 근원이 아직 두 개 남아 있다고 했던가.'

세 개 중 하나를 얻었다고 마신이 직접 지껄였으니 아마 확실할 것이다.

'대공도, 천사도 아직 안심할 단계는 아닌가.'

자신은 강해졌다. 아직 신성이니 뭐니 하는 힘은 다루지 못했지만, 과거 지옥에 있던 시절보다 훨씬 더 강한 힘을 얻게 된 것은 확실했다.

'문제는.'

그가 강해진 만큼 다른 자들도 강해졌을 수도 있다는 것.

그리고.

'개문(開門)의 리스크가 너무 커졌어.'

만마전의 의도적으로 폭주시키는, 일종의 필살기.

원래 리스크가 컸던 기술이었지만 지금은 그 위험도가 훨씬 더 올라가 버렸다.

'마기가 너무 많아졌어.'

사탄과 마의 근원을 통째로 집어삼키며 그가 제어할 수 있는 마기의 한계치에 가까워져 버렸다.

사실 지금 만마전을 유지하고 있는 것이 기적이라고 할 수 있을 정도로 한계에 도달해 있는 상태.

'여기서 개문을 쓰면.'

그대로 만마전에 집어삼켜질 가능성이 높았다.

"쯧."

힘이 강해진 것은 좋지만 '개문'이라는 사기적인 기술을 봉인당했다는 것은 불쾌한 소식.

'마기 제어력을 더 올려야 해.'

지금 당장 할 수 있는 일은 아니다.

강우는 품속에서 주먹만 한 크기의 검은 보석을 하나 꺼냈다.

"그래야 이것도 마저 먹어치우지."

검은 보석의 정체는 발록에게 인도받은 벨페고르의 시체를 응축해 놓은 것. 대공의 권능과 영혼이 담긴 보석을 눈앞에 두고도 먹어치우지 못할 정도로 마기 제어력이 한계에 도달해 있었다.

'일단 나중에 생각할까.'

강우는 깍지를 푼 채 침대에서 일어섰다.

마기 제어력을 올리는 방법은 언제나 한 가지였고, 지금 누워서 쉬고 있는 동안에도 계속하고 있는 일이었다.

'죽을 만큼 필사적으로 노력하면.'

밥을 먹고, 웃고 떠들며 평화로운 한때를 보낼 때도 강우의 의식의 한쪽은 미친 듯이 날뛰는 마기를 제어했다.

'결국에는 더 높은 곳으로 올라설 수 있겠지.'

고개를 들었다. 갈증이 목을 태웠다.

과거를 넘어섰지만, 아직은 부족하다. 이걸로 만족할 리가 없었다. 더 높은 곳으로. 더 아득한 곳으로. 앞으로, 앞으로.

그는 단 한 번도 멈춘 적이 없었다.

"자, 그럼 오늘은 임자랑 같이 놀러 나갈……."

달칵.

"강우 님."

"허억."

숨이 막혔다. 몸이 떨렸다. 등골을 타고 식은땀이 흘러내렸다. 방문을 열고 들어온 리리스를 바라보며 강우는 표정을 굳혔다.

리리스는 고개를 갸웃거리며 그에게 다가갔다.

"안색이 안 좋으신데… 무슨 일이라도 있으신가요?"

"아, 아냐. 아무것도 아냐. 그보다 무슨 일이야?"

"아, 전에 명령하신 조사가 어느 정도 끝나서 보고드리러 왔습니다."

"벌써 끝났다고?"

이번 전쟁에서 강우가 리리스에게 명령한 것은 전투가 아니었다. 그녀의 능력은 전투가 아닌, 다른 부분에서 빛을 발했다.

"네. 현재 악마교의 잔당에 대한 대략적인 위치가 확인됐습니다."

강우가 그녀에게 명령한 것은 하나. 전투가 일어나는 동안 악마교의 지부 내에 침입해서 잔당의 위치와 규모를 조사하는 것.

전 세계에 걸쳐 세력이 있는 조직이니 본 단을 파괴했다고 바로 와해되지는 않는다. 재기의 씨앗을 완전히 짓밟기 위해서라도 잔당 처리는 중요했다.

"대략 19군데 정도 중소 규모 지부의 위치를 알아냈습니다."

"고생 많았어."

강우는 짧은 탄성을 흘리며 그녀를 바라보았다.

단순한 겉치레가 아니었다.

전쟁이 끝나고 나서 고작 일주일. 그 사이에 저 정도로 많은 정보를 모을 수 있는 건 리리스 정도밖에 없다. 실제로 적지 않은 고생을 했으리라.

"후훗. 왕을 위한 일인걸요. 이 정도는 아무것도 아닙니다."

리리스는 방긋 웃었다.

강우의 표정이 자괴감에 물들었다. 그녀를 보자마자 기겁했던 것이 양심을 찔렀다.

'미안해⋯⋯. 내가, 내가 미안해⋯⋯.'

이렇게 충실하고 한결같은 그녀에게 몹쓸 짓을 한 기분.

강우는 밀려오는 자괴감에 고개를 숙였다.

"강우 님이 직접 움직이실 건가요?"

"아니. 어차피 잔당들이니까. 플레이어들이 레벨 업을 할 수 있도록 최대한 가디언즈 쪽 병력 위주로 움직여 줘. 아, 아니다. 조사해 둔 자료 모아서 나한테 줘. 그레이스 씨한테 알아서 인원 추려서 보내라고 할 테니까."

전쟁 이후 쉬지도 못했을 그녀를 위한 나름의 배려였다.

리리스는 그의 의도를 눈치챘는지 방긋 웃으며 그의 팔을 껴안았다. 부드러운 감촉이 팔을 타고 전해졌다.

"고마워요, 마왕님."

"이제 가서 좀 쉬어."

"아, 아직 보고드릴 게 남았어요."

강우는 고개를 갸웃거리며 그녀를 바라보았다.

그녀는 죄송스럽다는 듯 강우를 향해 고개를 숙였다.

"악의 위상 중 마지막으로 남은 위상 하나의 위치를 찾지 못했습니다."

"음……. 어떤 놈인지는 알아?"

"칼기아라는 이름을 가진 흑마법사라고 하네요."

"흑마법사라. 사탄 부하로 있던 놈이지?"

"예, 그렇습니다."

강우는 눈을 빛냈다.

'악의 위상이라.'

사탄의 부하로 있었다고 했으니 기껏해야 혈마객, 벨페고르급의 존재일 것이다.

'내가 얻을 수 있는 건 별로 없겠지만.'

김시훈의 얼굴이 떠올랐다.

'시훈이한테는 좋은 경험치가 되겠는데.'

이제는 성장 한계치에 가까워진 자신과 달리 김시훈은 아직 미래가 창창했다. 얼마 전에도 루드비히를 홀로 상대하며 또 한 단계의 성취를 얻었다고 들었으니.

"놈을 찾는 대로 나한테 알려줘."

"예."

"좀 쉬엄쉬엄하고."

강우는 리리스의 머리를 가볍게 쓰다듬었다.

리리스는 뺨을 붉히며 배배 몸을 꼬았다.

"후, 후후후후후후."

'어, 시바.'

갑자기 꿈틀거리기 시작한 그녀의 머리칼이 손가락을 옭아맸다.

강우의 표정이 굳었다. 지뢰를 밟았다는 생각이 그의 머릿속을 스쳐 지나갔다.

"아, 아니지. 후우, 후우."

리리스는 깊게 심호흡하며 흥분을 가라앉혔다.

"……어?"

그런 그녀의 반응에 오히려 놀란 것은 강우. 강우는 두 눈을 크게 뜨며 그녀를 바라보았다.

리리스가 몸을 돌렸다.

"그럼 저는 이만 가보겠습니다."

"어… 그, 그래."

탕.

리리스가 빠른 걸음으로 방 밖으로 빠져나갔다.

무겁게 내려앉은 침묵.

강우는 얼떨떨한 표정으로 굳게 닫힌 방문을 바라보았다.

"설마 이거……."

전율이 전신에 퍼졌다.

"드, 드디어 리리스가 알아준 건가?"

자신이 그녀의 촉수 모드를 끔찍이 싫어한다는 것을.

드디어. 드디어. 드디어!!!

"드디어 내게!!!"

광명이!!!

강우는 두 주먹을 움켜쥔 채 번쩍 들어 올렸다.

뺨을 타고 뜨거운 눈물이 흘러내렸다.

악몽의, 끝이 보였다.

"나도 참, 또 흥분할 뻔했네."

아파트를 빠져나온 리리스는 고개를 들었다.

그녀는 다급한 걸음으로 어딘가로 향했다.

"후, 후후후후."

참지 못하고, 웃음이 터져 나왔다.

"기대하세요, 나의 왕. 나의 사랑."

파악.

부푼 기대감에 가슴에서 돋아난 촉수가 터져 노란 고름이
줄줄 흘러나왔다.

"잊을 수 없는 추억을 만들어 드릴게요."

리리스는 짙은 미소를 입가에 머금었다.

웅성웅성.

"야, 야야!! 슬해쉬 플 빠졌어!"

"정글러어어어어어어어!!!"

"미드 미아! 미드 미아!"

"아아아아아니! 상대 탑은 탑에 사는데 우리 정글은 뭐 하고 있는 거야!!!"

시끄러운 고함 소리와 키보드를 두드리는 소리. 각종 음식 냄새와 희미한 담배 냄새가 풍기는 곳. 디귿 자로 된 구석 자리에 흰색 야구 모자를 눌러쓴 붉은 머리칼의 여인과 날카로운 눈매를 가진 청년이 앉아 있었다.

"야, 블루 내 거야."

붉은 머리칼의 여인, 차연주가 표정을 일그러뜨리며 말했다. 그녀는 얼음으로 이루어진 불사조 캐릭터를 조종하고 있었다.

옆자리에 앉은 강우는 그녀의 말이 들리지 않은 듯 작은 독침을 쏴대는 캐릭터로 푸른 골렘을 공격했다.

차연주의 이마에 굵은 힘줄이 돋았다.

"야 이 미친놈아! 블루 처먹지 말라고!!"

"이거 먹으면 마나가 빨리 차더라고."

"근데 그걸 네가 왜 처먹냐고!"

"버섯 깔아야 돼."

태연하기 짝이 없는 그의 말에 차연주는 뒷목을 잡았다.

"아, 뒤질 것 같아. 혈압, 씨……."

그녀는 눈물을 머금으며 탭 버튼을 눌러 강우의 아이템을 확인했다.

"……너 AD였어?"

"응."

"이 개자식이! 갑자기 PC방 가자고 부르더니 이게 뭔 개트롤 짓이야!!"

분노가 치밀어 오른 차연주가 강우의 멱살을 잡아 흔들었다.

그녀가 키보드에서 손을 놓고 있는 사이 적 팀원이 와서 그녀의 캐릭터를 죽였다.

"아악!"

터져 나온 비명 소리. 차연주는 눈물을 머금은 채 회색으로 변한 화면을 바라보았다.

"이… 나쁜 자식……."

"아, 이 캐릭터 너무 안 좋은 것 같은데. 버섯 대미지가 왜 이래?"

"네 대가리가 안 좋은 거거든!"

머지않아 진군해 온 적들에게 본진이 터져 나가고 '패배'라고 적힌 붉은 글씨가 떠올랐다.

차연주의 몸이 부들부들 떨렸다.

강우는 가볍게 혀를 찼다.

"또 졌네. 아, 라면이나 하나 추가로 더 주문해야겠다. 콜라랑 만두랑 핫바도. 연주 너도 먹을래?"

"너 대체 여기 뭐 하러 온 거야!!"

"뭐 하러 왔냐니."

무슨 당연한 소리를 묻는단 말인가.

"라면 먹으러 왔지."

"아……."

차연주는 뒷목을 부여잡은 채 그대로 의자에 쓰러졌다. 아찔한 분노가 그녀를 자극했다.

"너, 너 이 새끼… 네가 불러서 오늘 회의도 제치고 왔는데……."

전쟁이 끝난 지 10일.

세상은 격변의 날 이후 유례없는 평화의 시간을 맞이하고 있었지만 레드로즈 같은 대형 길드의 상황은 달랐다. 전쟁의 뒤처리와 유족들에 대한 보수, 부상자들에 대한 복지 등등.

물론 그 대부분은 세계 각지에서 가디언즈에게 보내는 지원금으로 어느 정도 충당이 됐다.

하지만 그녀는 그래도 한 길드의 수장. 자신의 길드에서 전쟁에 참여했던 인원들이 더 좋은 복지와 보상을 받을 수 있도록 정신없이 움직이고 있었다.

'그런데.'

그런 바쁜 시간을 쪼개서 어렵게 나왔더니 이런 처사라니. 억울하고 화나서 부들부들 몸이 떨렸다.

강우는 피식 웃으며 말을 이었다.

"사실 전부터 꼭 한번 오고 싶었거든."

"……뭐. PC방?"

"너랑 처음 만난 곳이 여기잖아. 지금 생각해 보면 좋은 시작은 아니었던 것 같지만……. 뭐, 그래도 덕분에 도움을 많이 받았으니까. 한번 여유가 생기면 같이 오고 싶었거든."

차연주에게 받은 도움은 꽤나 컸다.

만마전이 봉인되어 힘이 극도로 약해진 처음 몇 개월, 가장 위기라고 할 수 있는 그 시기에 그녀를 통해 훨씬 더 쉽고 빠르게 강해질 수 있었다.

'서로 노림수가 있는 거래 관계였다고는 하지만 받은 게 많았던 건 부정할 수 없지.'

S급 게이트의 출입권이라던가, 유니크 장비의 지원 등. 최근에는 리리스가 그에게 필요한 정보를 조사해서 알려주지만, 그녀를 만나기 전에는 대부분 차연주가 정보원 역할도 해주었다.

"아, 으. 그게……."

차연주는 상상하지도 못한 말을 들었다는 듯 입을 쩍 벌린 채 몸을 떨었다.

그녀의 뺨이 머리칼처럼 붉어졌다.

"어, 어차피 널 써먹으려고 한 거거든!"

"역시."

어디 교본에서 배운 것 같은 대답. 차연주답다는 생각이 들었다.

강우는 피식 웃으며 다시 컴퓨터로 시선을 돌렸다.

"……."

차연주는 마음에 들지 않는다는 표정으로 강우를 노려보았다.

왠지 모르게 한설아의 얼굴이 떠올랐다.

"하아. 내가 못 살아."

그녀의 입에서 깊은 한숨이 흘러나왔다.

그래도 신기하게 나쁜 기분은 아니었다. 아니, 오히려 가슴이 뛰며 입꼬리가 계속 올라가려 하고 있었다.

'내가 미쳤지.'

차연주는 다급히 고개를 저었다. 저런 만년 동정 새끼가 내뱉는 말에 가슴이 뛰다니, 용납할 수 없는 일이다.

'그래도…….'

소란스러운 PC방. 플레이어로 각성하기 전에도 게임을 즐겨 하던 그녀에게 이 공간은 무척 익숙했는데, 그 익숙한 공간에 강우와 함께 있다는 사실이 썩 불쾌하게 느껴지지는 않았다.

'최근… 거의 말을 섞지도 못했고.'

그는 너무 아득해졌다. 고개를 아무리 올려도 감히 그 끝을 알 수 없을 정도로, 높은 곳으로 올라가 버렸다.

처음 그를 만났을 때부터 언젠가는 이런 날이 올 거라 예상은 했다. 도저히 따라잡을 수 없을 정도로 그가 멀어질 것을 직감했다.

하지만 막상 만난 지 몇 년도 채 지나지 않아 그런 날이 오니 가슴 한편이 씁쓸한 것이 사실. 이제는 심심할 때 가볍게 부를 수도 없었다.

차연주는 추가 주문한 라면을 신나게 먹고 있는 강우를 바라보았다.

'짊어진 것이… 무거우니까.'

예언의 악마의 손에서 세계의 멸망을 막는다니. 너무 스케일이 커서 헛웃음이 나올 정도의 짐이다.

대형 길드의 길드장이 되며 그녀의 어깨에도 만만치 않은 무게의 짐이 올려져 있지만, 강우와는 비교 자체가 불가능하다.

"……나도 라면 주문할래."

"후우. 후우. 후르릅! 그치? 역시 PC방에선 라면을 먹어줘야지."

"보통 그 라면 먹자고 PC방은 안 오지만 말이야."

차연주는 쓴웃음을 지으며 모니터로 시선을 옮겼다.

지금 이렇게 그와 함께 있는 시간이 꽤나 가슴을 들뜨게 만들었기에, 붉어진 뺨을 감추며 모니터를 응시했다.

그곳에는.

[브론즈II로 강등되었습니다.]

"야 이 개새끼야!!!"

곧 그녀의 목소리가 PC방을 쩌렁쩌렁 울렸다.

"이 나쁜 새끼야아아아아!!"

달칵.

"나 왔어."

현관문을 열고 안으로 들어갔다.

거실에 있던 한설아가 고개를 갸웃거렸다.

"일찍 오셨네요. 연주랑 같이 놀러 간다고 하시지 않았나요?"

"아… 그게. 도중에 갑자기 자리를 박차고 나가 버려서."

강우는 이해할 수 없다는 듯 머리를 긁적였다.

'무슨 부모의 원수를 보는 눈빛으로 보던데.'

게임이야 그냥 즐기면 됐지 랭크가 무슨 의미가 있는지 이
해 가지 않았다.

강우는 PC방에서 있었던 일들을 떠올리며 피식 웃었다.

'그래도 좋았지.'

특히 라면이 정말 맛있었다. 게임을 하며 먹는 라면의 맛은
그냥 집에서 끓여 먹는 것과는 차원이 달랐다.

'영화를 보면서 먹는 팝콘이 맛있는 거랑 비슷한가.'

영화관에서 영화를 본 경험은 없지만 대충 비슷한 이유일 것

같다는 생각이 들었다.

"……연주에게 무슨 말을 하신 거예요?"

한설아가 의심스럽다는 듯 눈을 흘겼다.

"아니, 진짜 모르겠어. 게임 한 판 졌다고 화난 것 같던데."

"으음."

한설아는 곤란하다는 듯 뺨을 긁적였다. 그녀 또한 게임을 해본 적이 없으니 차연주의 저런 행동들이 이해되지 않았다.

"강우, 그러면 오늘 한가해?"

"아, 응. 저녁도 같이 먹으려고 했는데 먼저 가버렸으니까."

뒤에 있던 일정이 취소되며 자연스럽게 시간이 붕 떴다.

에키드나가 흥분에 찬 눈으로 콧김을 뿜었다.

"흐응! 흐응! 그러면 나랑 같이 만화 보자."

그녀는 눈을 반짝이며 강우의 옷자락을 잡아끌었다.

강우는 피식 웃으며 에키드나의 머리를 쓰다듬었다.

"응?"

에키드나의 머리를 쓰다듬던 강우는 고개를 갸웃거렸다.

"좀 큰 것 같네?"

에키드나의 신장이 꽤나 성장해 있었다.

그녀는 맹렬히 고개를 끄덕이며 말을 이었다.

"뭔가… 저번 전쟁 이후로 몸에 힘이 가득해진 기분이야. 그러다 보니 키도 크고 여기도 커졌어."

에키드나는 자신의 가슴 부위를 손으로 가리켰다.

그녀의 옆에 한설아가 있기 때문일까.

'그냥 절벽인데.'

솔직히 차이를 모르겠다. 통찰의 권능이라도 써야 하나.

"……강우는 어린 게 더 좋아?"

"그럴 리가."

단호히 고개를 저었다. 악마가 되었다고 해서 인간으로서의 기본적인 윤리관까지 뒤틀린 것은 아니다.

'에키드나만 해도……'

전혀 이성으로 느껴지지 않는 것이 사실.

그녀의 실제 나이가 수백 살이란 것을 알고 있지만, 행동과 외모가 어리다 보니 이성으로서의 매력은 전무했다. 지속적인 에키드나의 어필에도 일부러 반응하지 않고 있는 것도 그러한 이유 때문.

"흐응! 다행이다."

에키드나는 안도의 콧김을 뿜으며 연신 고개를 끄덕였다.

'그나저나.'

강우는 그녀를 살폈다.

'나 때문이겠지?'

그녀의 성장에는 분명 자신이 관여되어 있을 것이다.

"음……"

잠시 고민에 잠겼다.

에키드나에게 듣기로는 그녀가 해츨링에서 성장하기까지는 앞으로 몇백 년이 더 남았다고 한다.

'나 때문에 그 시간이 앞당겨진 건가.'

과연 그것이 좋은 일인지 아닌지는 알 수 없었다. 드래곤에 대한 정보는 들어본 적이 없으니까.

'나중에 리리스한테 부탁해서 조사해 달라고 해야겠네.'

강우는 의자에 앉았다.

에키드나가 평소처럼 그의 무릎 위에 앉았다. 이제는 신장이 좀 커서 그런지 앞이 잘 보이지 않는다.

"이제 곧 나도 설아처럼 살찔 거야!"

"살, 찔……."

"에이, 설아가 무슨 살이 쪄."

에키드나가 주먹을 꽉 쥐며 외친 말에 한설아의 표정이 창백해졌다.

강우는 말도 안 되는 소리 하지 말라는 듯 피식 웃었다.

"사, 살쪘… 다고?"

하지만 그런 그의 말은 그녀의 귀에 닿지 않은 모양. 그녀는 좌절에 빠진 듯 영혼 없는 목소리로 중얼거렸다.

"그, 그러고 보니 최근에 게이트도 안 나갔고……."

"저기요? 설아 씨?"

"강우 씨가 많이 드시니까 나도 덩달아 같이 많이 먹기도 했고……."

"제 말 들리세요?"

"아, 안 되겠어요. 강우 씨! 다이어트예요! 오늘 저녁 김치찌개는 없어요! 앞으로 강우 씨도 저도 저녁은 굶는 거예요!"

"커헉!"

청천벽력과도 같은 그녀의 말에 강우의 두 눈이 부릅떠졌다.

그는 폭주하는 한설아를 설득하기 위해 진땀을 빼며 그녀를 설득했다.

폭풍과도 같은 소란이 지나간 이후.

강우는 소파에 앉아 조용히 거실을 바라보았다. 자신이 꿈꿔왔던 생활. 갈망했던 일상이 눈앞에 펼쳐져 있었다.

'앞으로도.'

이런 날이 계속되기를.

강우는 희미한 미소를 지으며 눈을 감았다.

달칵, 달칵. 소음이 흘러나왔다.

탕.

리리스는 날카로운 식칼을 들어 무언가를 잘랐다. 그러자 피처럼 붉은 액체가 흘러나왔다.

"후, 후훗."

그녀는 뚝뚝 떨어지는 붉은 액체를 바라보며 짙게 웃었다.

달칵.

높이가 5미터에 달하는 거대한 문이 열렸다.

그 문을 열고 들어온 것은 붉은 피부를 가진 근육질의 거한, 아니, 단순히 '거한'이라고 표현하기에는 지나칠 정도로 큰 몸집을 가지고 있는 괴물이었다.

-음?

자신을 위해 특수 제작된 수련실에서 한바탕 몸을 움직이고 온 발록은 고개를 갸웃거렸다. 불청객 하나가 자신의 집에 들어와 있었다.

-무슨 일이냐, 리리스?

"잠깐 부엌 좀 빌리고 있어. 내 집은 마왕님 바로 옆집이라 혹시 들킬 수도 있거든."

리리스가 태연히 답했다.

그녀의 말에 발록은 눈살을 찌푸렸다.

-그렇다고 남의 집을 이렇게 멋대로 개조하다니.

강우가 발록을 위해 마련해 준 집에는 당연히 부엌이 없었다. 발록이 요리를 할 일도 없을뿐더러 애초에 악마는 식사 자체가 필요하지 않다. 지금 리리스가 무언가를 만들고 있는 장소는 그녀가 개조해서 만들어낸 장소.

"호호호. 이것도 다 마왕님을 위한 일이라고."

……그게 무슨 말이냐?

강우가 언급되자 발록은 눈을 빛냈다.

리리스는 쯧쯧, 혀를 차며 식칼을 움직였다. 탕. 탕. 피처럼 붉은 액체가 흘러내렸다.

"마왕님이 예전부터 말씀하시던 걸 잊었어?"

-으음?

리리스는 농염한 표정으로 말을 이었다.

"김치찌개가 그렇게 먹고 싶다고 하셨잖아."

-기, 김치찌개!

발록의 눈이 커졌다.

죽은 짐승의 가죽을 벗겨내고, 내장을 뜯어낸다. 날카로운 칼로 잔인하게 짐승을 도륙한 후 씹어 먹기 좋은 고기만을 남긴 후 피처럼 붉은 액체에 끓여 먹는, 말 그대로 '마왕'에게 걸맞은 음식.

지구에 도착한 이후 강우의 권유로 몇 번 먹어볼 기회가 있었지만, 아직 마왕처럼 잔혹한 심성을 갖추지 못한 탓일까 그 맛을 이해할 수는 없었다.

-설마 리리스, 네놈…….

발록은 가늘게 몸을 떨며 그녀를 노려보았다.

리리스는 식칼에 묻은 붉은 액체를 혀로 핥았다.

"후훗. 이번에 내가 직접 그 김치찌개라는 걸 만들어서 마왕님에게 바칠 생각이야."

발록은 전율했다.

왕을 지키기로 맹세한 후 '패왕갑'을 각성해서 왕의 사랑과 관심을 독차지하길 바랐건만. 이런 식으로 나오다니.

-크윽!

발록은 분하다는 듯 주먹을 움켜쥐었다.

-그 외모로 왕을 유혹한 것만으론 부족했단 말이냐!

억울했다.

리리스는 서큐버스 퀸이라는 지위에 걸맞게 숨 막힐 정도로 아름다운 외모를 지니고 있다. 지옥에서도 그 아름다운 외모를 이용해 얼마나 많은 마왕의 사랑을 받아왔던가.

'이 얼굴만 믿고 나대는 것이……!'

자신이 왕의 충의를 받기 위해 수많은 악마의 머리를 잘라 바쳐도 리리스에 비할 순 없었다. 마왕은 리리스의 얼굴만 봐도 온몸을 떨며 기뻐하셨으니까.

리리스는 어딘가 쓸쓸하다는 표정으로 고개를 돌렸다.

"아무래도… 마왕님은 그 외모란 것을 전혀 신경 쓰지 않으시는 것 같으니까."

이번에 한설아라는 여인에게 마음을 허락한 것만 보더라도 어렵지 않게 알 수 있었다.

왕에게 아름다운 외모는 전혀 의미가 없다. 그의 마음을 움직일 수 있는 것은 육체의 껍데기 따위가 아니다. 그를 마음을 움직이기 위해서는, 한 발짝 더 나아가야 한다.

"자, 그럼 나는 요리 연습을 하고 있을 테니까 너는 그 패왕갑인지 뭔지 쓸데없는 기술이나 열심히 수련하고 있으렴."

-크으…….

발록은 입술을 깨문 채 주먹을 움켜쥐었다.

억울함과 질투가 치솟았다.

'내게도.'

리리스처럼 마왕을 현혹시킬 아름다운 외모만 있었다면.

-하아.

절로 한숨이 흘러나왔다.

발록은 몸을 돌렸다.

'내가 할 수 있는 일을 한다.'

마왕이 자신에게 바라는 것은 리리스와는 다를 것이다. 지금 자신이 할 수 있는 건 왕의 방패가 되기 위해, 왕의 검이 되기 위해 강해지는 것뿐.

-나중에…….

발록은 고개를 돌렸다.

-내게도 김치찌개를 만드는 법을 알려다오.

기어들어 가는 듯한 목소리로 말했다.

리리스는 입을 가린 채 웃음을 터뜨렸다.

"후훗. 알았어. 그렇게 버려진 강아지처럼 보지 마. 하지만 내가 알려준다고 해도……."

내가 만들어 드리는 것보다 마왕님이 좋아하실까?

-…….

이어지는 그녀의 물음에 발록은 침묵했다.

서로 같은 김치찌개를 만든다면 그 어떤 여인들보다 아름다운 외모를 지닌 리리스가 당연히 더 많은 관심을 받게 될 것은 생각해 볼 필요도 없는 사실.

-……제길!

발록은 거친 욕설을 내뱉으며 다시 한번 수련장으로 향했다.

마왕이 준 통신기를 들어 누군가에게 연락했다. 홀로 수련하는 것에는 결국 한계가 있는 법.

[여보세요?]

-인간. 제안할 것이 있다.

통신기를 통해 이제는 익숙해진 청년의 목소리가 들려왔다.

-나와 좀 어울려다오.

전투를 직감한 붉은 근육이 터질 듯 부풀어 올랐다.

"어디 보자……."

강우는 느긋이 소파에 앉아 가이아에게 전달받은 서류를
펼쳤다.

[러시아 대전쟁 사후 보고서.]

[사망 플레이어-3,812명.]

"……쯧."

서류를 넘기던 강우는 혀를 찼다.

전 세계에서 날고 기는 플레이어가 모였다는 가디언즈의 숫
자는 대략 1만 명 정도. 한 번의 전투로 반 가까운 플레이어가
죽어나간 것이다.

'그럴 만한 전쟁이었지만.'

자신은 전능하지 않다. 광범위하게 일어난 대규모 전투에서
단 하나의 사망자도 나오지 않게 만들 수는 없다.

큰 희생이 따를 거란 것은 전쟁을 준비할 때부터 예상하고

있었다.

'그래도.'

반 가까이 되는 숫자가 죽어나갔다니 씁쓸한 것이 사실.

이번 전쟁 이후 가디언즈가 참여하고 싶다는 지원자가 폭주하고 있다고는 하지만 그중에 인재를 선별해서 키우는 데 꽤나 오랜 시간이 필요할 것이다.

'그나마 다행인 점은.'

가디언즈의 최중요 전력이라고 할 수 있는 천랑부대와 그레이스가 이끄는 1군에서는 큰 피해자가 없었다는 것. 대부분의 사망자는 두 번째 산사태에 쓸려 나가 죽은 플레이어들이었다.

[사망한 플레이어 이름과 레벨.]

*플레이어 명: 권오진 (레벨: 78)

*플레이어 명: 히키가야 하치만 (레벨: 82)

*플레이어 명: 윌리엄 스미스 (레벨: 76)

…….

'스미스?'

사망자 명단을 확인하고 있을 때 누군가의 이름이 눈에 밟혔다.

"스미스 너 이 자식."

결국 안나에게 프러포즈하지 못한 채······.

강우는 깊은 한숨을 내쉬며 스미스를 애도했다.

'그러게 왜 그런 말을 해서······.'

이쯤 되면 업보라고 할 수도 있을 것이다.

강우는 씁쓸한 마음으로 스마트폰을 들었다.

[아, 네. 무슨 일이시죠, 강우 씨?]

박현우. 레드로즈 길드의 인사관리팀에 팀장으로 있었던 인물로 가디언즈가 설립되고 나서 그 능력을 인정받아 스카웃된 인물. 지금은 전사자의 유족들에 대한 보상 처리나 각국에서 보내오는 지원금 등을 관리하는 간부가 됐다.

"이번에 전사자 명단 중에 윌리엄 스미스라고 있는데요."

[잠시만요. 아, 있군요. 영국인 플레이어네요. 혹시 지인분이신가요?]

박현우가 조심스럽게 물었다.

"아뇨. 그런 건 아닌데 좀 보상 처리가 신속하게 되도록 부탁드리려고요."

결혼까지 약속한 연인을 두고 죽었다. 모르면 신경조차 쓰지 않았겠지만, 기왕 눈에 들어온 이상 어느 정도의 배려는 해주고 싶었다.

'뭐, 이런 거 신경 쓰는 성격은 아닌데.'

사람이 원래 기분이 좋으면 갑자기 안 하던 행동하는 것 있지 않은가. 지금이 딱 그런 느낌.

리리스에 대한 문제도, 사탄에 대한 문제도 해결되고 여유가 생기니 괜히 안 하던 짓이 하고 싶어졌다.

[잠시 만요. 음… 이미 보상 처리가 끝났네요.]

"그런가요?"

[예. 아, 어디서 스미스란 이름을 들었다 했더니. 가디언즈 본사에 그 안나라는 분이 찾아와서 보상금을 모두 받아갔어요. 스미스 씨 유서에도 안나 씨에게 모두 재산을 양도하겠다고 적혀 있었고요.]

"그렇… 군요."

뭔가 꺼림칙한 예감이 들었다.

[네. 정확히는 안나라는 분과 그 남편이 와서 보상금을 전부 타 갔죠.]

"예?"

남편이요?

[안나와 스미스 씨는 예전부터 소꿉친구 관계였다고… 유서에도 딱히 다른 내용은 안 쓰여 있어서요. 혹시 무슨 문제 있나요?]

"아뇨. 그게……. 아무것도 아닙니다."

강우는 전화를 끊었다. 부하들과 떠들며 전쟁이 끝난 후 안나에게 프러포즈하겠다는 그의 얼굴이 떠올랐다.

'스미스으으으으으으!!!'

이게 정녕 현실의 쓴맛이란 말인가. 아무리 생각해도 안나라는 여자에게 속았다는 생각밖에 들지 않았다.

'현실은 시궁창이라 이건가.'

차라리 이 사실을 모르고 죽었을 스미스가 다행이라는 생각이 들 정도. 강우는 사망자 명단을 덮고는 잠시 그를 애도했다.

"뭐⋯⋯."

솔직히 별 상관은 없었다. 스미스의 인생이 시궁창이건 뭐건 무슨 상관이란 말인가.

'나만 괜찮으면 됐지.'

강우는 요즘 자신의 삶을 되돌아보았다.

걱정거리 하나 없는, 말 그대로 이상적인 삶. 하루 종일 집에서 뒹굴거려도 뭐라 하는 사람 하나 없는, 그림으로 그린 듯한 돈 많은 백수의 삶.

일하지도 않아도 되는 삶이라니, 이 얼마나 완벽한 삶이란 말인가. 일을 하면 삶의 의욕이 생긴다고? 자신은 일할 때가 가장 행복하다고?

'개소리.'

저런 말을 하는 놈일수록 복권이라도 당첨되면 바로 사표부터 상사 얼굴에 집어 던질 것이다.

"흐아아아아아."

강우는 소파에 누워 늘어지게 기지개를 켰다.

'물론.'

아직 모든 것이 끝난 것은 아니다. 악마교의 잔당들도 남아 있었고, 다른 대공들에 대해서도 조사해야 한다.

천사와의 관계 또한 미묘하며 '심연'에 자리 잡은 마신이란 놈도 거슬린다.

'당장 해야 할 일도 있고.'

눈앞에 있는 일은 이번에 먹어치운 사탄의 권능, '절멸의 권능'을 다루는 연습을 하는 것과 동시에 마기 제어력을 높이는 것.

사실 할 일 자체는 많았다.

"그래도."

아주 조금, 이 여유를 즐길 시간은 필요하지 않겠는가.

강우는 소파에 누워 눈을 감았다.

띵동.

그때였다.

"……벌써 왔나?"

에키드나와 설아, 그리고 그녀의 어머니까지 함께 옷을 사러 외출했기 때문에 집에는 자신 혼자 남아 있었다.

강우는 고개를 갸웃거리며 현관으로 나가 문을 열었다.

달칵.

"보고 싶었어요. 나의 왕, 나의 사랑……."

쾅!!

그리고 다급히 문을 닫았다.

"허억, 허억, 허억."

문고리를 잡은 손이 덜덜 떨렸다.

'뭐야, 뭐야 또 갑자기.'

현관 앞에 보이는 리리스의 모습은 쿠로사키 유리에의 것이 아닌, 녹색 촉수와 18개의 붉은 눈을 한 악마 상태.

'왜, 대체 왜, 시바 왜 또 저 모습이야.'

분명 그녀는 자신이 저 모습에 극도의 트라우마를 가지고 있다는 것을 알아차렸을 것이다. 그러지 않았다면 갑자기 최근 들어 온순해질 리가 없었다.

'광명이.'

악몽의 끝이, 왔어야 했다.

찔꺼억.

"호호호. 마왕님도 차암. 여전히 부끄러움이 많으시네요."

문틈을 타고 점액질 가득한 녹색 촉수가 빠져나왔다.

찰칵.

굳게 잠근 문의 잠금장치가 풀리며 리리스가 나타났다.

"무, 무슨 일이야?"

강우는 조심스럽게 뒷걸음치며 물었다.

리리스가 손에 든 냄비를 내밀었다.

"후훗. 제가 직접 만들어봤어요."

그녀는 부끄럽다는 듯 뺨을 붉힌 채 활짝 미소를 지었다. 악몽에 나올 것 같은 끔찍한 미소였다.

"이건……."

냄비에서 익숙한 냄새가 풍겨왔다.

강우는 눈을 반짝이며 냄비를 받아들였다.

"김치찌개잖아."

"호호호. 마왕님이 지옥에 계셨을 때부터 드시고 싶다고 자주 말씀하셨잖아요."

"그렇긴 한데……."

어차피 지구에 온 이후 하루에 한 번씩은 꼭 먹고 있다.

리리스는 쑥스럽다는 듯 몸을 배배 꼬며 말을 이었다.

"설아 씨가 요리를 잘한다고 듣긴 했지만… 저도 마왕님을 위해서 직접 만들어 드리고 싶었어요. 그래서 한동안 열심히 연습했어요."

"아……."

짧은 탄성이 흘러나왔다. 최근 연락이 뜸했던 이유를 알 수 있었다.

강우는 녹색 촉수로 이루어진 그녀의 손가락에 치료용 밴드가 붙여져 있는 것을 보았다.

'이건 또 뭔 연출이야.'

피식 웃음이 흘러나왔다.

뭐, 어디서 주워들었는지는 모르겠지만, 강우는 그녀가 식칼 따위에 상처를 입을 리 없다는 걸 잘 알고 있었다.

"고마워."

강우는 희미하게 웃으며 냄비를 식탁으로 옮겼다.

리리스가 그의 뒤를 종종걸음으로 따라왔다.

눈을 반짝이는 그녀의 모습을 보니 죄책감이 밀려들었다.

'갑자기 또 미안해지네.'

현관 앞에 선 그녀의 모습을 보자마자 문을 닫아버린 것에 괜히 후회됐다.

"그럼, 잘 먹을게."

"얼마든지 더 드시고 싶으면 말씀해주세요. 집에 많이 해뒀으니까요."

"하하. 알았어."

달칵.

강우는 부엌에서 흰 쌀밥을 가져온 후 본격적으로 김치찌개를 먹기 시작했다.

'오.'

김치찌개를 먹은 강우는 눈을 빛냈다.

'맛있네?'

한설아와 만들어준 김치찌개와 비견해도 손색이 없을 정도로 맛있었다.

강우는 놀랍다는 듯이 리리스를 바라보았다. 미각이 거의 없는 악마가 이렇게 만들기 위해서는 상상 이상의 고생을 했을 것이 틀림없었다.

'기특하네.'

절로 입가에 미소가 지어졌다.

질겅.

"응?"

그때, 뭔가 이질적인 감촉이 입안에서 느껴졌다. 고기가 아닌 문어와 같은 해산물을 씹은 쫄깃쫄깃한 느낌.

"김치찌개에 뭘 넣은 거야?"

"아, 그거 말이죠."

리리스가 짙은 미소를 지었다.

'어, 씨바 잠깐만.'

강우의 표정이 딱딱하게 굳었다.

무언가 불길한. 아주 불길한 예감이 그의 등골을 스쳤다.

"저만의 비밀 레시피랍니다."

찡긋.

리리스가 18개의 눈 중 9개의 눈을 감으며 윙크했다. 불길한 예감이 더더욱 커졌다.

'아니야.'

강우의 손이 덜덜 떨렸다.

'그럴 리가… 없어.'

리리스의 녹색 촉수에 붙어 있는 치료용 밴드가 다시금 눈에 들어왔다.

악마가 식칼 따위에 상처 입을 리는 없다. 하지만, '일부러' 잘랐다면?

"아, 아니야!!"

쾅!

식탁을 거칠게 내려치며 다급히 몸을 일으켰다.

아니다. 그럴 리가 없다. 설마 아무리 그녀라고 해도 설마.

강우는 고개를 숙여 냄비를 내려다보았다.

그곳에는.

"우웁."

입을 막는다.

자연스럽게 그 말이 떠올랐다.

'현실은……'

시궁창이다.

"우웨에에에에에엑."

◆ 6장 ◆
고대 마물

"후우……"

눈을 감는다.

깊게 숨을 들이쉬며 정신을 집중했다.

'불길의 권능.'

화르르륵!

샛노란 업화(業火)가 타올랐다. 이제는 익숙해진 마몬의 권능. 손끝에서 타오르는 강렬한 불길이 주변을 집어삼켰다.

철벅.

대지와 암석이 녹아내려 순식간에 마그마의 강이 만들어졌다.

'칼날의 권능.'

대공의 권능에 다른 권능을 겹친다.

기본적으로 6개, 무리하면 7개까지도 가능한 권능의 조합이 단 2개만으로 한계에 도달한다.

"크으."

머리가 뜨거워지며 시야가 일순 일그러진다.

대공의 권능과 일반 권능과의 조합은 마기의 많고 적음과는 관계가 없었다. 순수한 제어력의 싸움.

'그래도.'

처음 두 권능을 섞었을 때에 비하면 훨씬 나았다. 그때는 3초를 유지하기 어려웠던 '인페르노'를 이제는 30초 넘게 유지할 수 있었다.

'최대한 오래.'

천천히 눈을 뜨며, 정신을 집중한다.

숨이 제대로 쉬어지지 않는다. 다리가 후들거리며 당장에라도 마기가 폭주할 듯이 심장에 통증이 달린다.

'조금만 더.'

폭주하기 직전의 마기. 지금 이 정도의 마기를 제어하는 것은 익숙했다.

'더 할 수 있어.'

식은땀이 흘러내렸다. 몸 곳곳의 마기가 요동쳐 피부가 부풀어 올랐다. 아득한 격통이 전신에 휘몰아쳤다. 조금이라도 방심하는 순간 의식의 끈이 끊어질 것 같았다.

하지만 그럼에도.

'더.'

멈추지 않는다.

그는 단 한 번도 멈춘 적이 없다. 타협하지 않는다. 양보하지 않는다. 망설이지 않는다. 더 높은 곳으로, 더 아득한 곳으로. 앞으로. 앞으로.

화르르르륵!!! 치이이이익.

샛노란 화염을 뿜어내는 검이 완전한 형태를 취했다. 불안정하게 흔들리던 불꽃의 검신이 단단하게 그 형태를 고정시켰다.

['인페르노' 스킬의 성취가 상승했습니다.]

['인페르노' 스킬의 위력이 증가하며 유지에 필요한 마기 제어력이 감소합니다.]

"후우."

눈앞에 떠오른 메시지창을 보자마자 힘을 풀었다.

샛노란 화염의 검이 허공에 녹아들 듯 사라졌다.

['마신이 되는 길'의 상위 퀘스트 '???'의 단서를 획득했습니다.]

"또냐."

강우는 이젠 질렸다는 듯 심드렁한 표정으로 중얼거렸다.

짧은 휴식을 마치고 본격적인 마기 제어력 상승에 몰두한 지 한 달. 슬슬 성과가 보임과 동시에 간간이 상위 퀘스트의 단서인지 뭔지를 계속 얻고 있었다.

'아니 얻을 때마다 저 '?'를 하나씩이라도 치워주던가.'

신경 쓰기도 귀찮다는 듯 메시지창을 치웠다.

"자, 그럼……."

마몬의 권능이 끝났으니 다음은 사탄이 지닌 권능의 차례.

강우는 절멸의 권능을 일으켰다.

"크윽……."

다시금 머리가 뜨거워졌다.

고작 한 개의 권능을 일으켰을 뿐이지만 사탄의 권능은 아직 숙련도가 많이 부족한 상태. 아직 익숙해지기 위해서는 더 많은 시간이 필요했다.

"조금만 더……."

"강우 님."

"허업!"

뒤에서 들리는 목소리에 강우의 표정이 창백하게 질렸다.

덜덜 몸을 떨며 고개를 돌리자, 그곳에는 허리까지 내려오는 흑발을 가진 청초한 인상의 미녀가 다소곳이 서 있었다.

"무, 무슨 일이야?"

떨리는 몸을 진정시키며 물었다.

리리스는 고개를 숙이며 말을 이었다.

"보고드릴 것이 있어서 찾아왔습니다."

"그 칼기아인가 하는 놈에 대한 거야?"

마지막으로 남은 악의 위상, 칼기아. 지난 한 달간 가디언즈를 비롯해 리리스가 열심히 그를 쫓고 있었지만 아직 그의 행방은 오리무중이었다.

리리스가 고개를 저었다.

"아뇨. 칼기아는… 아니라고 생각됩니다."

"그래?"

얘기가 좀 길어질 것을 직감한 강우는 가볍게 발을 박찼다. 곧 대지가 갈라지며 암석이 위로 솟구쳤다.

바위 위에 걸터앉은 강우에게 리리스가 음료수를 내밀었다. 시중에 판매하는 파란색 음료수.

강우는 가늘게 눈을 뜨며 리리스를 흘겨보았다.

"설마 여기다가도 이상한 거 섞은 거 아니겠지?"

"호호호. 아니에요."

리리스가 입가를 가린 채 고개를 저었다.

"저번에 강우 님에게 많이 혼났으니까요. 앞으로 그런 짓은 하지 않을 게요."

"……뭐, 알았으면 됐어."

강우는 한 달 전에 있었던 기억이 떠오른 듯 몸을 부르르 떨었다. 생각하는 것만으로도 속이 뒤틀리는 감각.

"그래서, 무슨 일인데?"

"전부터 게이트에 마물이 나타나는 현상이 있었잖아요."

"……그랬지."

강우는 무거운 표정으로 고개를 끄덕였다.

예언의 악마, 사탄. 그가 지옥에서 억지로 차원 균열을 열어 지구로 넘어오는 도중에 지구를 수호하는 보호막, 가이아 시스템이 망가져 버렸다.

극도로 약해진 차원의 벽. 그 때문에 악마교가 악마를 소환하는 것과는 별개로 마물이나 악마들이 간간이 게이트를 통해 나타나고 있었다.

'이 쓰레기 자식.'

절로 주먹이 쥐어지며 분노가 치밀어 올랐다. 지구를 차지하겠다는 그의 뒤틀린 욕망으로 인해 얼마나 많은 피와 눈물이 흘렀는가.

모습을 감춘 지금도 망가진 가이아 시스템은 복구되지 않았다. 아니, 오히려 점점 약해지는 느낌까지 들었다.

칼에 베인 상처가 칼을 부러뜨렸다고 사라지겠는가.

망가진 가이아 시스템도 마찬가지. 상처를 악화시키는 악마교가 와해되었다고는 하나 상처 자체가 치유된 것은 아니었다.

"이번에 좀 강한 놈이 나왔어?"

그에게 보고까지 할 정도면 꽤나 강한 놈이 나타난 모양.

강우는 리리스가 건네준 스포츠 드링크를 마시며 물었다.

"정확한 정황은 아직 파악되지 않았지만… 아무래도 미국 플로리다 주에 있는 게이트에 고대 마물이 나타난 모양이에요."

"……고대 마물?"

강우는 눈살을 찌푸렸다.

고대 마물. 지성이 없는 마물들 사이에서 극히 드물게 지성을 지니고 있는 개체.

다만 지성을 가지고 있다고는 하지만 마물의 특성이 완전히 사라진 것은 아니었다. 일정한 서식지를 형성한 이후에는 그 밖으로 나가지 않는 것도 그러한 이유 때문.

'고대 마물에 대해선 얘기만 들었는데.'

실제로 본 적은 없었다.

큰 이유는 두 가지. 하나는 굳이 싸울 필요가 없었기 때문이고, 둘째는 싸우기에는 리스크가 너무 컸기 때문이다.

마물은 기본적으로 육체 스펙이 악마를 압도한다. 인간이 사자, 호랑이와 같은 맹수들에 비해 육체적인 능력이 떨어지는 것과 마찬가지.

고대 마물쯤 되면 사실상 대공과 일대일로 싸울 수 있을 정도의 괴물이다.

'그러고 보니 전에 고대 마물들이 이상한 움직임을 보이고 있다고 했지.'

둠가드와 발록이 했던 말들이 떠올랐다.

하지만 아무리 그렇다고 해도 고대 마물급의 존재가 게이트에 나타날 거라고는 예상하지 못했던 일. 가이아 시스템이 얼마나 심각한 상황인지 알 수 있는 부분이었다.

"어떤 놈이 왔는지는 알아?"

"아마도… 할키온이 나타난 것으로 추측됩니다."

"할키온이라."

들어본 적 있는 이름이다. 전에 마물 소환 특성을 사용해 소환하려고 했던 경험도 있었다.

'아, 그러고 보니.'

최근 마물 소환을 완전히 잊어버리고 있던 것이 떠올랐다.

"음……."

잠시 고민에 잠겼다.

'지금 소환하면 대체 뭐가 나오려나.'

구천지옥의 지배자로 있었을 때보다 오히려 마기의 양이 늘어났다.

"……."

굳게 입을 다물었다. 대체 뭐가 소환될지 쉽게 상상되지 않았다.

베니고어 여신이 했던 말들이 떠올랐다.

'바깥의 신에게는 시스템의 제약이 덜해.'

바깥의 신. 아우터 갓. 환 대륙과 에르노어 대륙 같은 인접한 세계가 아닌, 아득한 외계(外界)에 존재하는 공허의 신.

'시바, 진짜 소환하는 건 아니겠지?'

가능성을 완전히 배제할 수는 없었다.

베니고어 여신이 직접 경고한 일이기도 할뿐더러 지금 가이아 시스템은 고대 마물급의 존재가 게이트에 손쉽게 넘어올수록 약해져 있었다.

'신을 소환하면.'

망한다. 생각할 것도 없다.

설사 그 신을 이길 힘이 있다고 해도 마찬가지. 아슬아슬하게 유지되고 있는 가이아 시스템이 갈가리 찢겨 나가며 돌이킬 수 없는 재앙이 초래한다.

'일단 보류.'

마기를 적당히 조절하면 되는 문제긴 하지만 굳이 위험을 감수할 이유는 없다. 적당히 조절해서 나오는 고만고만한 전력은 더 이상 의미가 없으니까.

"피해는?"

"지금까지는 처음 발견한 6인 파티 외에는 없습니다. 그중에 하나는 중상을 입었지만, 어찌 살아남았고요."

"일단 게이트부터 통제해."

"후훗. 이미 통제해 둔 상황입니다. 언론도 통제해서 최대한 소식이 흘러 나가는 것을 막았고요."

리리스다운 빠른 일 처리에 강우는 고개를 끄덕였다.

'고대 마물이라.'

사실 지금 고대 마물을 잡는다고 해서 이득이 되는 것은 없었다. 마기 제어력이 한계에 가까워졌기 때문에 포식의 권능을 사용할 수 없었으니까.

'나중을 위한 투자라고 생각해 둘까.'

지금 당장 고대 마물을 잡아먹는 것은 불가능했지만 벨페고르처럼 마기를 압축해 나중에 먹을 수 있도록 만들어두는 것은 가능했다.

'그리고.'

굳이 이득이 없다고 해도 게이트 안에서 고대 마물이 날뛰게 내버려 둘 수는 없었다.

만약 게이트 밖으로 빠져나오기라도 한다면 어마어마한 참사가 일어날 것은 불 보듯 뻔한 일.

"내일 바로 출발하자."

"토벌대 인원은 어떻게 할까요?"

"나랑 발록, 둘이면 충분해."

고대 마물이 소문대로 대공급의 존재라면 오히려 우르르 몰려가는 것이 방해된다.

김시훈까지도 고민했지만, 이번에는 발록이 적당한 인선.

'시체를 보석으로 정제하는 걸 감추는 것도 귀찮을 테니까.'

김시훈은 그가 악마를 먹어 힘을 키운다는 사실을 모른다.

평소라면 포식의 권능을 은밀히 이용해서 시체가 가루처럼 흩어지도록 만들 수 있었지만, 지금은 그럴 수도 없는 상황.

"알겠습니다. 그러면 수호의 전당에서 바로 통하는 게이트를 활성화시켜 두겠습니다."

"아, 혹시 할키온에 대해 아는 것 있어?"

고대 마물과의 전투는 처음. 최대한 알 수 있는 만큼 알아두는 것이 좋았다.

"으음."

리리스는 입술 위에 손가락을 올리며 생각에 잠겼다.

"저도 직접 본 적은 없지만… 굉장히 끔찍하게 생긴 마물이라고 들었어요."

"끔찍하게 생겼다고?"

"예. 지옥 내에서도 가장 혐오스러운 마물이라네요."

"하."

헛웃음이 흘러나왔다.

'씨바 대체 어떻게 생겼기에?'

악마에게 가장 혐오스럽다는 얘기를 듣기 위해선 대체 뭐 어떻게 생겨야 가능하단 말인가.

'악마의 미적 기준을 알 수가 있어야지.'

리리스만 하더라도 지옥 내에서는 최고의 미녀로 추앙받고 있지 않던가.

'여기서 반전으로 인간처럼 생겼다거나?'

혹시나 하는 마음이 들어 리리스에게 물었다.

"리리스. 너는 인간들을 볼 때 혐오스럽게 느껴져?"

"예? 아뇨. 그럴 리가요."

리리스는 고개를 저었다.

"잘생기고 못생기고를 구별할 수 있는 건 아니지만 혐오스럽게 보이지는 않아요."

"으음."

고개를 끄덕였다.

'사람 입장에서 동물을 보는 기분인가.'

잘생긴 사자와 못생긴 사자를 구별하기는 힘들지만 혐오스럽게는 안 느껴지지 않는가. 아무래도 딱 그 정도의 감각이라는 생각이 들었다.

"뭐, 얼마나 끔찍하고 역겹게 생겼든 상관없어."

피식 웃었다.

"정말 괜찮으신가요? 듣기로는 할키온을 보는 순간 정신을 잃어버리는 악마까지 있다고……."

"걱정하지 마."

강우는 리리스의 어깨를 잡으며 말했다.

아무리 역겹고, 끔찍하게 생겼다고 해도 전혀 문제없었다.

"단련되어 있으니까."

자신에 찬 목소리로 말했다.

어둠. 빛 한 점 보이지 않는 칠흑이 보인다.

'가라앉고 있다.'

불현듯 느낀다. 끝없는 어둠 속으로, 밑이 보이지 않는 심연 속으로 가라앉고 있다.

'여긴.'

가늘게 눈을 떴다.

가장 먼저 든 의심은 만마전의 가장 깊은 곳, 심연의 마기가 가득한 세계.

"……."

굳게 입을 다물고 고개를 저었다.

'아니야.'

그런 거창한 세계가 아니다. 단순한 꿈. 스쳐 지나가는 환영에 불과했다.

'자각몽… 인가?'

잘 모르겠다. 평소에도 짧게나마 잠을 잘 때 꿈을 꾸긴 하지만 오늘따라 꽤나 생생한 기분.

'아…….'

검은 어둠 속에서 무언가 보이기 시작했다.

과거의 기억. 지옥에서의 기억들이 파노라마처럼 눈앞을 지나간다.

찔꺼억.

무언가, 점액질을 띤 무언가가 꿈틀거리는 소리가 귓가에 들렸다.

'뭐야.'

고개를 돌렸다. 칠흑이 내려앉은 공간 속. 질척한 무언가가 뻗어 나와 그의 몸을 순식간에 휘감았다.

'크윽.'

몸을 비틀었다. 마기를 사용해 권능을 일으키려 했다.

하지만.

'커헉!'

이곳은 현실이 아닌 꿈, 가상의 공간. 마기도 없고, 권능 또한 없다.

이전에 마신의 시체 안으로 들어갔던 것과는 개념이 다르다. 이곳은 그냥 진짜, 순수한 '꿈'이었다.

츄르르르.

점성을 띤 무언가가 완전히 몸을 결박했다.

'이, 건.'

익숙한 감각. 그의 삶에 깊은 트라우마를 안겨주었던 바로 그 감촉.

'왜… 이게.'

사고가 이어지지 않았다.

의식의 끈을 끊어내듯, 그의 전신을 휘감은 촉수가 몸 곳곳에 있는 모든 구멍으로 침입했다. 끔찍한 악몽. 절망을 형상화한 기억의 파편.

쩌억, 어둠이 벌어졌다. 18개의 붉은 눈이 어둠 속에서 나타났다. 여인의 웃음소리가 공간 전체를 가득 울렸다.

'으, 아.'

손을 뻗었다. 하지만 무용지물. 그의 몸은 계속해서 가라앉았다. 어둠 속으로. 헤어나올 수 없는 악몽 속으로. 깊이. 깊이.

'아, 아아.'

발버둥 친다. 필사적으로 손발을 휘젓는다. 미친 듯이 절규를 내질렀다. 입 밖으로 나오는 소리는 없다. 어둠 속에서 빛이 점멸했다.

파직.

무언가 깨지는 소리가 들렸다.

"으아아아아아아아!!!"

이불을 젖히며 몸을 일으켰다.

전신이 식은땀에 젖어 있었다. 달라붙은 옷의 감촉이 불쾌하다.

"허억, 허억."

거칠게 숨을 몰아쉬었다.

고개를 들어 주변을 살폈다. 익숙한 방의 모습이 보였다.

"뭐, 뭐야 대체."

강우는 턱을 타고 흘러내리는 땀을 닦으며 중얼거렸다.

미칠 듯이 생생한 꿈. 지구에서의 생활에 익숙해진 이후 잊어가고 있던 지옥에서의 기억이 머릿속에 떠올랐다.

'제기랄.'

두 눈을 질끈 감고 기분 나쁜 기억을 머릿속에서 지워냈다.

"하아……."

절로 한숨이 흘러나왔다. 왠지 한설아의 얼굴이 몹시 보고 싶어졌다.

'만약 지옥에서도.'

그녀와 같은 여인이 있었다면. 아니, 리리스가 정말로 흔히 상상하는 '서큐버스'의 외모를 가지고 있었다면.

'그래도 조금은 나았겠지.'

외모는 중요하다.

아름답고 아니고의 문제가 아니다. 적어도 18개의 눈에 전신이 고름이 흘러나오는 촉수로 뒤덮여서는 안 된다. 인간이고 악마고 대부분의 감각이 시각에 의존한다는 것은 같다.

'예쁜 여자 한 명만 있었어도 지옥 생활이 좀 더 나았을 거라니.'

스스로의 생각에 헛웃음이 흘러나왔다.

솔직히 자신이 생각해도 좀 꼴사납고 저열한 생각이긴 했다. 하지만 어쩌겠는가. 저질적인 생각이라고 말할 수도 있겠지만, 당시 그에게는 마음의 안식처가 될 곳이 뭐라도 하나 필요했다.

'하드 디스크에 야× 하나 없는 놈들만 내게 돌을 던져라.'

이성을 갈망하는 것은 본능이다. 그것을 부정할 생각은 없었다.

"뭐… 애초에 지옥이 그런 곳이니까."

리리스를 탓할 건 없다. 지옥의 악마들이 원래 다 그렇게 생겼는데 뭐 어쩌겠는가.

'이미 지난 일이기도 하고.'

그래도 지옥에서의 삶을 떠올리면 지금도 발작을 일으키듯 몸이 떨리곤 한다.

강우는 고개를 저으며 이불을 들췄다.

"후후훗."

이불을 들추자 그곳에는.

"오늘 바로 할키온을 토벌하러 가신다고 하셨죠? 마왕님에게 힘을 드리기 위해 밤에 몰래 들어왔어요."

헤헷.

리리스가 활짝 웃으며 귀엽게 혀를 내밀었다. 18개 중 9개의 눈이 감기며 윙크하고 꿈속에서 보았던 녹색 촉수들이 강우의 몸을 휘감았다.

"아, 아아."

강우는 두 손으로 얼굴을 덮은 채 고개를 숙였다.

절망에 찬 신음이 흘러나왔다.

악몽은 끝나지 않았다.

-많이 지쳐 보이십니다, 마왕님.

"……시끄러."

발록의 말에 강우는 지친 표정으로 답했다.

아침부터 끔찍한 일을 당한 탓에 대답할 만한 정신력이 남아 있지 않았다.

"그나저나 준비는 끝났어?"

악몽을 떨쳐내듯 고개를 저으며 물었다.

발록이 씨익 미소를 지었다.

-준비랄 게 뭐 있겠습니까.

그는 자신의 터질 듯한 근육을 과시하듯 팔을 접었다.

강우는 피식 웃고는 발걸음을 옮겼다.

'통제는 잘되고 있군.'

미국 플로리다 주에 위치한 게이트. 리리스가 손을 써둔 대로 게이트 주변에는 사람의 흔적조차 찾아볼 수 없었다.

-할키온⋯⋯.

발록은 이 게이트 너머에 있을 존재를 생각하며 표정을 굳혔다.

그의 몸에서 팽팽한 긴장감이 흘러나왔다.

"왜, 고대 마물이라고 하니까 좀 긴장되냐?"

발록답지 않은 모습에 강우는 고개를 갸웃거렸다.

고대 마물과 싸워본 경험이 없다고는 하나 발록이 저 정도로 긴장하는 것은 쉽게 볼 수 없는 모습이다.

-하아.

발록은 깊은 한숨을 내쉬었다.

-할키온이 워낙 끔찍한 외모를 가진 탓에⋯ 싸우는 건 두렵지 않지만, 솔직히 그 혐오스러운 모습을 다시 보고 싶지는 않군요.

이어지는 발록의 말에 강우는 가늘게 눈을 떴다.

"너 혹시 예전에 할키온을 직접 만난 적이 있는 거야?"

그러지 않았다면 다시 보고 싶지 않다는 말을 할 리가 없다.

……그렇습니다.

발록은 무거운 표정으로 고개를 끄덕였다.

-한… 구백 년 전쯤일까요. 그때 부하들과 함께 조사를 나 갔다가 실수로 할키온의 서식지로 간 적이 있습니다. 그때 한 번 놈을 볼 수 있었죠.

"잠깐, 구백 년 전이라고?"

구백 년 전이라면 발록과 만나 함께 활동하기 시작한 이후 다. 아득한 과거의 기억을 되짚어보았지만, 그때 발록에게 할 키온을 만났다는 보고를 들은 기억은 없었다.

"왜 보고 안 했던 거야?"

-아…….

낮은 목소리로 물었다.

보고는 상하 관계에 있어서 핵심이다. 의도적인 보고 누락 은 심한 경우 즉결 처형까지 가능할 정도로 심각한 문제.

-죄, 죄송합니다, 마왕님!

발록은 자신이 말실수를 했다는 것을 깨달았는지 다급히 머리를 조아렸다. 당장 할복이라도 할 기세로 머리를 조아리 는 그를 바라보며 강우는 머리를 긁었다.

"아니, 뭐. 따지려고 하는 게 아니라 그냥 이유가 궁금해서 그래."

보고 누락이 큰 죄인 것은 맞으나 이미 구백 년이나 지난 일. 이제 와서 죄를 추궁할 필요는 없었다.

'근데 진짜 왜 그랬지?'

아무 이유 없이 의도적으로 보고를 누락할 리가 없다. 그의 성격을 생각하면 꽤나 중요한 이유 때문에 그랬을 확률이 크다.

-그건…….

발록은 깊은 한숨을 내쉬며 말했다.

-그때 본 할키온이, 너무도 끔찍했기 때문입니다.

"……."

-안 그래도 마왕님이 눈코 뜰 새 없이 바쁘신데 그 끔찍한 것을 신경 쓰게 만들고 싶지는 않아서…….

강우는 눈살을 찌푸렸다. 변명이라기엔 너무 빈약했다.

'뭐, 그때 당시 상황을 생각하면 그렇지도 않은가.'

구백 년 전이면 대공과의 갈등이 점점 고조되기 시작했을 당시. 서식지 외에는 나서지 않는 고대 마물에게까지 신경을 쓸 만한 상황은 아니었다.

'이렇게까지 말하니까 오히려 궁금하네.'

얼마나 끔찍하기에 저런 반응을 보이는지 이젠 궁금할 지경.

강우는 흥미롭다는 듯 게이트를 바라보았다.

"가자."

-이, 이 죄는 제 목숨으로 갚…….

"헛소리하지 말고."

발록의 다리를 가볍게 걷어차고는 발걸음을 옮겼다.

게이트를 통과하자 울창한 밀림이 눈앞에 펼쳐지고, 짙은 혈향이 풍겨왔다.

"아주 맘껏 날뛰고 있구만."

울창한 숲이 펼쳐진 곳곳에 갈가리 찢겨 나간 몬스터의 시체가 널브러져 있는 것이 보였다.

'하긴.'

상대는 고대 마물이다. 대공과도 겨룰 수 있는 괴물이 게이트 내에 나타났으니 몬스터들의 입장에서도 재앙이나 다름없는 일.

마물의 특성 중 하나인 '서식지'를 형성하기 위해 주변에 보이는 몬스터를 족족 잡아 죽였을 가능성이 크다.

-마왕님.

"알아."

강우는 마기를 끌어 올려 언제든 권능을 사용할 수 있도록 만전의 준비를 갖췄다.

발록 또한 두 주먹을 들어 올리며 마기를 일으켰다.

철컥.

그의 양 주먹에 검은 갑주가 생성됐다. 마치 서양의 기사가 건틀릿을 착용한 듯한 모습. 저것이 발록이 새롭게 얻은 힘 '패왕갑'이리라.

"……그러고 보니 채찍은 안 쓰냐?"

-패왕갑과는 잘 어울리지 않아 요즘에는 주먹을 주로 사용하고 있습니다.

"흐음."

강우는 고개를 끄덕였다.

발록의 주 무기가 채찍인 건 사실이었지만 그렇다고 해서 맨손 전투의 숙련도가 떨어지는 것은 아니다.

'알아서 하겠지.'

김시훈의 무공에 대해 직접적인 조언을 해줄 수 없듯, 발록도 마찬가지였다.

그는 이미 완성된 전사. 주 무기였던 채찍을 버렸을 정도면 그의 선택이 옳으리라.

-흑, 흐윽… 흑.

그때, 숲에서 울음소리가 들려왔다.

강우는 칼날의 권능으로 검을 만들었다.

"저기다."

울음소리가 들려오는 곳에서 강렬한 마기가 느껴졌다.

천천히 발걸음을 옮겼다.

'할키온.'

악마조차 경기를 일으킨다는 끔찍한 생물. 과연 그가 어떻게 생겼을까 생각하며 수풀을 헤치고 나아갔다.

'상관없어.'

그가 얼마나 역겹게 생겼든, 중요치 않다.

'어차피.'

지옥에 로망은 없다.

끔찍한 것으로 치면 이미 그 바닥의 바닥을 본 상태. 시체를 이어 붙여 짓이겨 놓은 것 같은 생김새라도 웃으며 포식의 권능으로 뜯어 먹을 자신이 있었다.

'자.'

모습을 보여라.

강우는 시야를 가리는 넝쿨을 길게 뻗어 나온 칼날로 베어 냈다.

그곳에는.

"……."

-크읙! 역겨운 외모는 여전하군!

발록이 표정을 일그러뜨리며 주먹을 쥐었다.

강우는 입을 쩍 벌린 채 할키온을 바라보았다.

"흐윽, 흑."

눈물을 흘리고 있는 백발의 여인.

등에 돋은 박쥐의 날개. 이마에 돋아난 두 개의 뿔. 엉덩이 부근에서 꾸물거리는 꼬리. 그리고 눈부실 정도로, 소름이 돋을 정도로 아름다운 외모.

"야, 발록……."

덜덜 몸이 떨렸다.

할키온의 외모는 전율스러울 정도로 아름다웠다. 솔직히, 한설이나 에키드나도 상대가 되지 않을 정도.

비유를 하자면, 흔히 사람들이 생각하는 '서큐버스'의 모습 그대로였다.

"이, ×발."

지난 지옥에서의 세월이 파노라마처럼 흘러갔다. 여자는커녕 사람조차 볼 수 없었던 그 아득한 세월. 그나마 생긴 부인은 리리스. 매일 밤 촉수에 시달리며 울부짖은 그 나날들. 즐거움이라고는 조금도 찾을 수 없었던 메마른 공간.

그걸 견뎌왔는데, 그걸 참아왔는데. 그런데, 그랬는데.

"아, 아아."

머리를 움켜쥐었다.

'너 혹시 예전에 할키온을 직접 만난 적이 있는 거야?'

'그렇습니다.'

"으, 아."

'왜 보고 안 했던 거야?'

"야, 이……."

'그때 본 할키온이, 너무도 끔찍했기 때문입니다.'

"씨발 새끼야아아아아아아아!!!"
강우의 두 뺨을 타고 투명한 눈물이 흘러내렸다.
"왜 보고를 안 했던 거야, 이 개새끼야아아아아아!!!"
절규가 터져 나왔다.
억울했다. 도저히 감정을 추스를 수 없을 정도로, 미칠 듯이
억울했다.
'왜 하필.'
모든 일을 철저하게 보고하던 발록이 그때만 보고를 하지
않았단 말인가.
"왜, 왜……."
머릿속이 혼란스러워졌다.
발록에 대한 원망과 분노, 그리고 의문이 뒤섞였다.
"너, 저 외모가 끔찍하게 보인다고?"

-물론입니다. 저보다 역겨운 마물이 어디 있겠습니까.

발록은 망설임 없이 답했다.

강우의 눈이 혼란에 빠졌다. 환각에라도 걸렸나 싶어서 저항의 권능과 통찰의 권능을 동시에 사용해 봤지만 아무리 봐도 할키온의 외모는 눈이 번쩍 뜨일 정도로 아름다웠다.

'아니, 씨바.'

리리스가 했던 말들이 떠올랐다. 인간의 미추(美醜)는 구분할 수 없어도 혐오스럽게 느끼지는 않는다고.

'근데.'

할키온을 바라보았다.

인간과 악마가 이상적으로 섞인, 흔히 만화나 애니메이션에서 다뤄지는 매혹적인 서큐버스의 모습.

'가슴이 절벽이긴 한데.'

그게 뭔 상관이란 말인가. 에키드나만 하더라도 지평선이 펼쳐진 황무지와도 같은 가슴을 가지고 있었다.

"너… 인간의 모습이 혐오스럽게 느껴졌냐?"

지금 할키온의 모습이 끔찍하게 느껴졌다면 당연히 자신이나 다른 사람들의 모습도 끔찍하게 느껴져야 했다.

-아뇨, 그런 적 없습니다. 뭐가 아름다운지는 구별하기 힘들지만, 혐오스럽지는 않죠.

"말이 앞뒤가 안 맞잖아."

머릿속이 한층 더 복잡해졌다.

"그렇다면 할키온은 왜……."

-저 끔찍한 생물체는 '섞여' 있지 않습니까.

강우의 머릿속에 불꽃이 튀었다.

"아."

이해했다. 드디어 이해할 수 있었다.

'만약 악마가 인간을 바라보는 것이 물고기를 보는 것과 같은 느낌이라면.'

악마의 관점에서 할키온은 악마와 물고기가 뒤섞인 생물로 보이는 것.

만약 물고기의 머리에 사람의 몸과 다리가 달린 생물을 상상해 보라. 물론, 인간의 관념으로 생각하면 물고기 머리가 섞였건 지느러미가 섞였건 악마보다야 끔찍하게 느껴지지 않는 것이 사실이다. 하지만 그들은 인간이 아닌 악마다. 가치관과 관념이 근본부터 다르다.

'아니.'

대충 무슨 이유인지는 알겠다.

악마의 가치관으로는 저런 '섞인' 생물이 노란 고름을 쏟아내는 촉수보다 끔찍해 보일 수 있다는 것도 이해했다.

하지만 그렇다고 해서. 이해했다고 해서.

"이런, 씨바알……."

억울함이 사라지지는 않았다.

비유하자면 30년 동안 감옥에 갇혀 있다 간신히 나왔더니 갑자기 너는 사실 무죄였다고 말하는 거랑 뭐가 다른가. 차이가 있다면 그는 30년이 아닌 만 년을 감옥에 처박혀 있었다는 것뿐.

'그래, 시바 처음 구천 년은 그렇다 치자.'

발록이 제때 보고만 했더라도 최소 구백 년간은 할키온과 같은 눈이 번쩍 뜨이는 미녀와 함께 있을 수 있었다는 것 아닌가.

"어흑, 흐으으윽."

서러움에 눈물이 흘렀다. 억울하고, 비참했다. 리리스에게 시달렸던 악몽 같은 밤들이 머릿속에 재생됐다.

'이럴 줄 알았다면, 저렇게 예쁜 마물이 존재하는지 알았다면.'

물론 그랬다고 해서 억지로 할키온에게 손을 대지는 않았을 것이다. 억지로 손을 대기엔 할키온이 지나치게 강할뿐더러 욕구를 채우기 위해 힘을 사용하는, 저열한 일은 애초에 할 생각이 없다.

하지만. 그렇다 하더라도.

'최소 아군으로 끌어들일 시도라도 해볼 수 있었겠지.'

솔직히 그때 심정으로는 아군도 필요 없다. 멀리서 보고만 있었어도 행복에 겨워 눈물을 쏟아냈을 것이다.

-역시 마왕님도 저 마물의 역겨움을 견디기 힘드신 모양이군요.

"아니야……."

-여기서는 제가……! 크윽! 마, 마왕님을 위해……!

"아니라고 이 개자식아……."

-우읍, 우웨에에에엑!!

발록이 땅을 짚고 속을 게워냈다. 식사가 필요치 않은 악마다 보니 토사물 대신 검고 끈적한 액체가 흘러나왔다.

"아……."

강우는 머리칼을 쥐었다.

"인생 씨발."

이미 지난 일이다. 아무리 억울하고 서럽다고 해도 지나간 시간을 돌이킬 순 없다. 없던 일을 있게 만들 순 없다.

"흑… 흐윽."

몸을 웅크린 채 울고 있는 할키온을 향해 시선을 돌렸다. 지금은 할키온이 아름답고 아니고를 따질 때가 아니다.

'왜 울고 있는 거야.'

이해하기 힘들었다.

강우는 그녀가 있는 곳으로 천천히 걸어갔다. 그녀가 무언가 중얼거리는 것이 들렸다.

"흐윽……. 다, 당신은……."

그녀의 시선이 강우를 향했다.

"누, 누구세요?"

겁에 질린 듯 움츠러든 몸. 눈가에는 눈물이 고여 있었고 몸은 가늘게 떨리고 있었다.

'뭐지.'

생각하던 고대 마물의 이미지와는 전혀 다르다.

강우는 가늘게 눈을 떴다. 어떻게 반응해야 할지 난감했다.

"아, 그, 그렇구나. 다, 당신도 나, 날 괴, 괴롭히려고 왔죠? 그, 그렇죠?"

할키온의 목소리가 떨렸다.

그녀는 천천히 몸을 일으켰다. 검붉은 마기가 폭발하듯 뿜어져 나왔다.

'뭔데 이건 또.'

눈살을 찌푸렸다. 할키온의 반응을 종잡을 수가 없었다.

"흑, 흐윽. 왜, 왜 절 괴, 괴롭히는 거예요? 무, 무서워요."

'지금 네 모습이 더 무서워, 시바.'

"여, 여기가 어, 어딘지도 모르겠고. 다, 다들 날 괴, 괴롭히려 하고. 모, 못됐어."

'애 지성 있는 거 맞아?'

고대 마물은 지성이 있다고 들었는데 지금 할키온의 모습은 아무리 좋게 봐줘도 지성이 있다고 말하기 힘들었다.

'일단 대화가 통하나 확인해 볼까.'

강우는 낮은 목소리로 입을 열었다.

"네가 할키온이냐?"

"……어? 저, 저 아시나요?"

"얘기는 많이 들었지."

대화가 통하기는 하나 보다.

"다, 당신도 그렇죠? 저, 절 괴롭히려고 왔죠? 어, 어차피 모두 절 싫어하니까. 부, 분명 그럴 거야. 나, 날 괴롭힐 거야."

정정하겠다.

'말이 안 통하네.'

헛웃음이 흘러나왔다.

강우는 어처구니없다는 듯 할키온을 바라보았다. 무슨 피해망상증이 걸린 정신병 환자와도 같은 반응. 고대 마물이 지성을 가진 존재라는 소문이 거짓말이었다는 생각이 들 정도였다.

"흐윽. 다, 다들 너무, 해. 나, 난 잘못한 게 없는데."

그녀는 눈물을 쏟아냈다.

"나, 나도 이, 이렇게 새, 생기고 싶은 게, 아, 아닌데."

할키온은 말을 더듬으며 몸을 웅크렸다. 그러자 흰자위가 붉어지며 눈동자가 흰색으로 변하고 눈 주변에 흉측한 힘줄이 돋아났다. 새하얀 머리칼이 산발해 공중으로 치솟았다.

콰아앙!!

그리고 그녀의 발길질에 대지가 뒤틀렸다.

눈 깜짝할 사이에 할키온이 몸이 강우를 향해 쏘아졌다.

"왜, 다들!!!"

팔을 들어 올린다. 검붉은 손톱이 길게 뻗어 나왔다. 무시무시한 절삭력을 가진 손톱이 강우의 목을 노렸다.

"쯧."

뻐억!

강우는 발을 들어 앞으로 내질렀다. 할키온의 배에 정확히 발이 틀어박혔다.

쿠구구구구궁!!

할키온이 바닥을 굴렀다. 순식간에 백여 미터 이상 뒤로 굴러간 그녀가 몸을 일으켰다.

아래에서 위로 손톱을 그었다. 검붉은 마기가 그를 향해 쏘아졌다.

'철벽의 권능.'

마기의 벽을 세워 공격을 막았으나 검붉은 마기가 방벽을 찢어발겼다. 몸을 숙여 공격을 피한다.

"나, 날 미워하는 거야!!!"

퍼억!!

1초도 되지 않은 사이 백여 미터를 날아온 할키온이 허리를 숙인 강우를 걷어찼다.

튕겨지듯 바닥을 구른다. 수십 톤에 달하는 철퇴에 얻어맞은 듯한 강렬한 충격.

강우는 가늘게 눈을 떴다. 입가에서 검은 피가 흘러나왔다.

'저렇게 생겨도.'

고대 마물은 고대 마물. 육체 스펙이 대공과는 비교할 수 없을 정도로 뛰어났다.

"좋아."

입가를 비틀어 올렸다. 할키온이 그 외형처럼 가녀린 여인이었다면 오히려 재미가 없었을 뻔했다.

'이제 좀.'

괴물처럼 느껴진다.

강우는 낮게 몸을 낮췄다.

할키온이 질주했다. 손톱을 내리그었다.

"하늘 부수기."

오른팔을 뒤로 당긴다. 왼발로 진각을 밟으며 주먹을 내지른다.

거대한 마기가 격돌한다.

주변 대지가 움푹 가라앉으며 30미터에 달하는 크레이터가 만들어졌다. 흙이 비산하고, 바위가 조각나 쏟아졌다. 마치 신화 속 거인들이 싸우듯 힘의 격돌만으로 주변 지형이 뒤틀렸다.

콰아아앙!

더 이상 울창한 숲은 존재하지 않고 지진이 일어난 듯 뒤틀리고 일그러진 황량한 대지만이 남았다.

"하악, 하악, 하악!"

할키온이 거칠게 숨을 토해내며 날아올랐다.

강우가 그 뒤를 쫓으며 손을 뻗어 날아오르려는 그녀의 다리를 잡아 대지를 향해 내려찍었다.

"카학!"

무시무시한 폭음과 함께 할키온의 입에서 비명이 토해졌다.

저벅, 저벅.

그녀가 쓰러진 곳을 향해 걷는다.

"어, 어떻게?"

할키온의 얼굴에 공포가 서렸다.

강우는 무덤덤한 표정으로 그녀를 향해 걸어갔다.

분명 고대 마물의 신체는 대공을 뛰어넘는다.

'하지만.'

비교 대상이 자신이라면 또 다른 문제.

아마 기본적인 육체 스펙은 할키온 쪽이 우월할 것이다. 하지만 그에게는 무수한 권능과 압도적인 양의 마기가 있다.

"뭐, 그래도 나쁘지 않았어."

강우는 할키온의 공격을 받아 찢겨 나간 상처를 내려다보았다. 손톱에 당한 상처가 재생되지 않았다.

'독인가.'

알 수 없었다.

강우는 검은 피가 흘러나오는 상처를 바라보며 허를 찼다.

"귀찮게."

뜨득.

할키온의 손톱에 당한 부분의 살점을 억지로 뜯어내자 검은 피가 분수처럼 쏟아졌다.

하지만 그것도 잠시, 동영상을 역재생하듯 살점이 떨어진 그의 몸이 재생됐다.

"다, 당신은, 누, 누구세요?"

할키온이 공포에 질린 목소리로 물었다. 그녀의 뺨을 타고 투명한 눈물이 흘러내렸다.

"글쎄."

굳이 말해줘야 할 의무는 없었다.

강우는 천천히 손을 들어 올렸다.

불길의 권능. 세상 모든 것을 집어삼킬 듯 거세게 타오르는 업화가 손에 맺혔다.

"히익! 흐, 흐윽. 미, 미안해요. 자, 잘못했어요. 제, 제발 괴롭히지 마세요. 잘못했어요. 잘못했어요……."

딱히 죽일 생각은 없었다. 그녀에겐 아직 물어볼 것이 많았다.

'저 상태로 봐선.'

물어봐도 의미가 있을지는 모르겠지만.

"쯧, 얼굴은 진짜 예쁜데."

설마 할키온이 이렇게 또라이일 줄 누가 알았겠는가.

'그래도 이게 차라리 낫네.'

과거 할키온을 만나지 않은 게 다행이었다고 조금이나마 자위할 수 있었다.

"……예?"

그때, 할키온이 고개를 들어 올렸다.

"제, 제가 예쁘, 다고요?"

그녀의 눈가를 타고 눈물이 쏟아져 내리기 시작했다.

"아, 으. 아아."

할키온은 자신의 뺨을 손으로 더듬으며 온몸을 떨었다.

"예, 예쁘다고 해줬어."

강우를 바라보는 그녀의 눈빛에 섬뜩한 광기가 맺혔다.

"드, 드디어 예쁘다는 말을 들었어어어어어어!!!"

새하얀 머리칼이 높게 치솟았다.

"꺄하하하하하하!!!"

입가가 한계까지 비틀어 올라가며 광기에 찬 웃음소리가 흘러나왔다.

'뭔데, 시바.'

강우는 어처구니없다는 듯 그녀를 바라보았다.

'얘 또 왜 이래.'

뭔가 불길한 예감이 등골을 자극했다.

태어나 처음 느낀 감정은 공포였다.

-히익!

-뭐, 뭐야 이 괴물은?

처음 눈을 떴을 때, 자신을 내려다보는 악마의 모습이 보였다. 혐오스럽다는 듯, 잔뜩 찡그린 그들의 표정.

-제길! 우웁!

-우웨에엑!

그들은 자신을 바라보며 속을 게워냈다.

자신은 그들처럼 눈이 여러 개인 것도, 꿈틀거리는 촉수와 곰팡이가 피어난 듯 구멍 난 피부를 가지지도 않았다.

-이, 이거 마물인 것 같은데?

그들은 자신을 마물이라 불렀다. 악마가 아닌 마물. 지성과 이성이 없는 짐승. 본능으로 움직이며, 본능으로 살아가는 존재.

-이, 이런 끔찍한 마물은 본 적도 없어…….

역겨움에 찬 시선. 적개심 가득한 목소리.

'나는…….'

몸을 웅크렸다.

빌었다. 필사적으로 빌었다. 자신을 괴롭히지 말아달라고,

아프게 하지 말아달라고 애원했다.

'아무것도 잘못하지 않았는데.'

-죽여!

-저 역겨운 놈! 빨리 죽여 버려!

쏟아지는 공격들.

알 수 없었다. 저들이 왜 저렇게 자신을 증오하는지, 혐오하는지 이해할 수 없었다. 하지만 확실한 것은, 그들이 쏟아내는 공격에 맞으면 무척이나 아프다는 것뿐.

도망쳤다. 괴물로 태어났기 때문일까, 도망치는 속도는 느리지 않았다. 필사적으로. 온 힘을 쥐어짜 내며 도주했다.

-따라가!

-저놈을 성장하게 내버려 두면 안 돼!

그들은 따라왔다. 자신을 짓밟고, 살점을 짓이겼다.

아팠다. 참을 수 없을 정도로 고통스러웠다.

"괴롭, 히지… 말아, 주세요."

애원했다. 그 무엇보다 간절하게, 절실하게 애원했다.

-마물이 뭐 이래?

그들에 말에 따르면 마물은 지성 없이 날뛰는 짐승 같은 존재라고 했다. 절망도, 두려움도 느끼지 않는다.

적이라고 생각하면 앞뒤 가리지 않고 달려드는 괴물. 그것이 그들이 말하는 '마물'이었다.

"흑, 흐윽."

그게 어쨌단 말인가.

자신은 그렇지 않았다. 미쳐 날뛰는 광기도, 적을 뜯어 먹고 싶은 잔혹성도 없었다. 그저 그들이 내뱉는 모든 말들이, 자신을 향하는 혐오의 시선이 끔찍하게 두려웠다.

도망가도, 도망가도, 도망가도. 그들은 자신의 뒤를 따라왔다.

처음 보는 존재를 만나도 마찬가지. 자신을 본 악마들은 하나같이 구역질을 하며 공격을 퍼부었다.

삶은 공포였다. 두려움이었고, 고통이었다. 세상 모두가 자신을 저주했다. 영원이 끝나지 않을 악몽의 연속.

결국.

"너, 너도 날 괴롭히려고 하는 거지?"

자신은 미쳤다. 미치지 않고서는 견딜 수 없었다.

공포와 광기에 휩싸여 다가오는 모든 것을 죽였다. 죽이지 않으면 자신이 죽는다는 것을 알았다.

"흑, 흐윽."

서식지란 것이 생겼다. 자신이 만든 견고한 울타리 안에 몸을 웅크리고 있으면 다른 악마가 찾아오지 않는다는 것을 깨달았다.

하지만.

"흐아아아아아앙!!"

상처는 아물지 않았다. 자신을 본 그들의 손가락질이, 혐오 어린 시선이 머릿속에서 사라지지 않았다.

갈망했다. 자신을 바라보며 두려워하지 않을, 역겨워하지 않을 존재를 바랐다.

하지만 아무리 시간이 흘러도. 백 년이, 천 년이, 만 년이 흘러도 그런 이들은 나타나지 않았다. 자신은 언제나 공포의 대상이었고, 혐오스러운 존재였다.

뒤바뀌지 않는 악몽의 굴레.

"흐윽, 흑."

눈물을 흘렸다. 자신이 만든 견고한 울타리 안에 몸을 웅크려 목 놓아 울었다.

그렇지만 모든 일이 그렇듯, 눈물을 짜낸다고 해서 바뀌는 것은 없었다.

그렇게……. 너무도 기나긴 시간이 흘렀다.

"꺄하하하하하하하!!!"

광기에 젖은 웃음소리가 사방에 울려 퍼졌다.

그녀는 바닥을 기어 강우의 바짓가랑이를 잡았다.

"저, 정말인가요? 저, 정말 제가 예쁜가요?"

절박하고, 처절한 목소리. 구원을 갈망하는 신도처럼 그녀는 간절한 눈빛으로 그를 올려다보았다.

"아, 뭐. 그렇긴 한데."

강우는 당황스러운 표정으로 그녀를 내려다보았다.

반사적으로 답했다. 예상치 못한 적극적인 반응, 아니, 적극적인 것을 넘어서 광기까지 느껴지는 반응이었다.

"아, 아아."

할키온은 두 손으로 자신의 얼굴을 더듬으며 눈물을 흘렸다. 마치 마약에 중독된 것 같은 표정. 쾌락과 전율, 광기가 뒤섞인 웃음소리가 다시금 터져 나왔다.

'설마.'

강우의 머릿속에 한 가지 가능성이 스쳤다.

아직도 바닥에 엎드린 채 구토를 하고 있는 발록의 모습이 보였다. 이게 대체 어떻게 된 일인지 시나리오가 머릿속에서 그려졌다.

'애초에 예쁘다는 말을 들은 게 처음이로군.'

악마의 관점에서 할키온이 그 무엇보다 끔찍한 외형을 가지고 있는 것처럼 보인다면 악마만 득실거리는 지옥에서 그녀는 한 번도 예쁘다는 말을 듣지 못했을 것이다.

'그것만이 아니겠지.'

단순히 예쁘다는 말을 들어본 적 없다고 해서 저런 반응까지 보이지는 않는다.

'트라우마.'

악마의 관점에서 끔찍하기 짝이 없는 외모는 그녀에게 있어 깊은 트라우마를 남겼을 가능성이 컸다. 아니, 애초에 그게 트라우마가 되지 않았다면 지금 저런 반응은 말이 되지 않는다. 그녀는 배척당했을 것이고, 증오와 혐오의 대상이 되었을 것이다.

"이건……."

강우는 가늘게 눈을 떴다.

입가가 비틀어 올라갔다.

'이용해 먹을 수 있겠는데.'

할키온이 무슨 일을 겪었는지 추측하는 것은 어렵지 않다. 스토리가 복잡한 것도, 예상 못 할 반전이 있는 것도 아니다.

'뻔한 이야기지.'

예상할 수 있다. 상상할 수 있다. 그렇다면 그것을 이용하는 것은 어려운 일이 아니다.

'중요한 건.'

할키온을 이용했을 때의 가치.

그 점에 대해선 오래 고민할 필요도 없었다.

'지금 당장만 놓고 보면 무조건 이득이야.'

할키온에게는 물어볼 것이 많았다. 고대 마물이 어떻게 해서 지구에 오게 되었는지부터 지금 지옥에서 나타나고 있다는 고대 마물들과 '마물의 왕' 베히모스의 이상 행동에 대한 정보까지.

'그것만이 아니지.'

마기 스탯이 150에 도달한 후 포식의 권능으로 다른 대상의 마기를 흡수하는 것이 일시적으로 불가능해졌다.

물론, 벨페고르처럼 시체를 응축시켜 마기의 결정을 만들면 나중에 써먹을 수는 있다.

'하지만.'

마기 제어력이라는 게 무슨 그렇게 고무줄 늘어나듯 쭉쭉 늘어나는 것도 아니고 수련의 수련을 반복해서 천천히 쌓아가는 것인데 마기 결정을 쌓아만 두는 것은 비효율적이다.

당장 벨페고르만 하더라도 언제 먹을 수 있을지 짐작이 가지 않는 상황이니까.

'뭐, 각성이라도 하면 모르겠지만.'

김시훈도 아니고 각성에 기대는 미래 설계는 좋지 않다.

"흑, 흐윽. 다, 다행이야. 정말 다행이야……."

감격에 찬 눈물을 흘리는 할키온. 강우는 무덤덤한 시선으로 그녀를 바라보았다.

'결과적으론.'

그녀를 지금 당장 죽여 마기의 결정으로 만드는 것보단 아군으로 끌어당기는 것이 훨씬 이득이라는 것. 권능이 없다고는 하지만 육체 스펙만 놓고 보면 대공을 압도하는 전력이니까.

'좋았어.'

강우는 피식 웃었다.

목표를 정했고, 그 방법을 알고 있다. 망설일 이유는 없었다.

"저, 정말이죠? 거, 거짓말 아니죠?"

할키온은 두 손을 가지런히 모은 채 불안한 눈빛으로 그를 올려다보았다.

강우는 상냥한 미소를 입가에 머금으며 손을 뻗어 그녀의 뺨에 손을 올렸다.

"으음……."

강우는 잠시 뜸을 들였다.

할키온의 표정이 창백하게 질리며 오들오들 몸을 떠는 것이 보였다.

"다시 보니 그렇게 예쁜 건 아닌가."

"아……."

할키온의 입에서 짧은 탄성이 흘러나왔다. 아쉬움과 '안도' 가 섞인 한숨 소리.

강우는 씨익 웃었다. 예상대로다.

'여기서 무조건적으로 예쁘다고 하는 건 오히려 마이너스지.'

간단한 문제다.

만약 한평생을 못생겼다는 말만 듣고 살아온 사람이 있다고 치자. 어느 날 그에게 누군가 다가와 너무 아름답다며 칭찬을 한다고 해도 그걸 진심으로 믿을 수 있겠는가?

'그럴 리가.'

인간이고 악마고, 마물이고 상관없다. 감성을 지닌 생물이라면 자기 보호는 본능이다. 자연스럽게 경계하게 되는 것이다. '말이 되지 않는 거짓'을 말하는 사람에게.

"그, 그렇죠. 제, 제가 예쁠 리… 없죠."

할키온의 뺨을 타고 투명한 눈물이 뚝뚝 흘러내렸다.

"저는… 추하고, 역겨운……."

말을 잇는 것 자체가 괴롭다는 듯 목소리가 점점 작아진다.

강우의 눈이 빛났다.

'지금.'

심리의 굴곡이 생겼을 때, 지금이 기회다.

"아니. 그건 아니야."

단호히 말한다.

"예……?"

"역겹고 추하지는 않다고. 뭐, 이제까지 무슨 말을 들었는지는 몰라도 적어도 내 눈에는 전혀 그렇게 안 보여."

"아……."

"다시 봐도 나쁘진 않네. 추하지도, 역겹지도 않아."

강우는 피식 웃으며 할키온의 눈물을 닦아주었다.

과할 필요는 없다. 아니, 오히려 과해서는 안 된다. 할키온이 진정으로 갈망한 것은 자신을 '아름답다'고 말해줄 존재가 아니다.

'진정으로 원하는 것은.'

자신을 '역겹다'고 말하지 않아 주는 존재.

"아, 아으, 아⋯⋯."

그것뿐이다. 그 자그마한, 별로 어렵지도 않아 보이는 아주 작은 일. 하지만 그녀에게 있어서 그것은 둘도 없는 구원이 될 것이다.

"흐윽, 흐으으윽."

뺨을 타고 눈물이 흘러내렸다.

전율에 찬 채 몸을 떨고 있는 그녀.

"고마, 워요. 정말, 정말 고마워요."

할키온은 몸을 떨었다. 옷자락을 붙잡은 채, 더없이 서럽게 눈물을 흘렸다.

강우는 그녀를 내려다보다 천천히 시선을 옮겼다.

'아직.'

부족하다. 99% 완성된 퍼즐. 그 마지막 조각을 채워 넣어야 한다.

"발록, 일어나라."

통신기를 꺼내 작은 목소리로 중얼거렸다.

바닥에 쓰러져 구토를 하고 있던 발록이 비틀거리며 몸을 일으켰다.

-크윽! 위험합니다, 마왕님!!

강우에게 달라붙은 할키온을 본 그는 다급한 목소리로 발을 박찼다. 패왕갑. 검은 마기로 이루어진 갑주가 그의 팔을 감쌌다.

"으읏……!"

할키온이 두 눈을 질끈 감았다.

그녀의 몸이 다시 애처롭게 떨린다. 패왕갑을 각성한 발록의 주먹은 강우와의 전투로 인해 탈진 직전에 놓인 그녀가 막을 수 있는 공격이 아니었다.

강우는 천천히 손을 들었다.

콰아아아아아앙!!

할키온의 머리 바로 옆. 0.1초라도 늦었으면 그대로 머리가 터져 버렸을 상황에서 아슬아슬하게 발록의 주먹을 막아낸다.

-마, 마왕님?

"딱히 위험한 상황 아니니까 가만히 있어."

할키온이 휘둥그레진 눈으로 그를 올려다보았다.

"아……."

짧은 탄성과 함께 그의 옷자락을 잡은 손에 힘이 더해진다.

발록은 할키온을 차마 보고 있기 힘들다는 듯 인상을 구기며 말했다.

-마왕님은… 저 괴물이 아무렇지도 않으십니까?

'그렇지.'

기대했던 질문이다.

강우는 덤덤한 목소리로 말을 이었다. 퍼즐을 완성할 마지막 조각이 갖춰졌다.

"글쎄."

할키온이 불안에 찬 눈빛으로 그를 올려다보았다.

"너한테 들은 거랑 달리 별로 추하게 느껴지진 않는데."

퍼즐의 마지막 조각을 내려놓는다.

"이게 내 눈이 좀 이상한가? 난 오히려 좀 예뻐 보이기까지 하는데?"

-허……

"아무래도 '내 눈에만' 이렇게 보이는 것 같네."

강우는 어깨를 으쓱하더니 이내 할키온에게 시선을 옮겼다. 자신을 바라보는 그녀의 시선에서 변화가 느껴졌다.

'그렇지.'

유일하게 자신을 역겹지 않다고 말해준 존재. 만약 그 존재의 눈이 좀 특별했을 뿐이라면. 오로지 '그 존재'만이 자신을 역겹지 않게 봐주는 존재라면.

"쯧. 일단 토벌은 중지다, 발록. 여기까지 하고 돌아가자."

"저, 저기!"

할키온이 고개를 들었다. 그녀의 목소리에서는 처절한 절박함이 느껴졌다.

당연한 일이다. 자신을 역겹다고 말하지 않아줄, 영원히 이어지리라 생각했던 악몽의 굴레를 끊어줄 존재가 이 세상에 단 한 명이라면.

'모든 것을 바쳐서라도.'

그 유일한 구원을 놓치지 않으려 하겠지.

"저, 저를 데려가 주세요! 뭐, 뭐든지 할게요. 우, 울지도 않을게요. 제, 제발… 제발… 저, 절 버리지 말아주세요. 아까는 고, 공격해서 미안해요. 앞으로는 그러지 않을게요. 시, 시키는 건 뭐든 할게요. 그, 그러니 제발……."

절규에 가까운 외침. 광기가 느껴질 정도로 간절한 눈빛.

강우는 천천히 고개를 돌렸다.

'그렇지.'

입가에 만족스러운 미소가 지어졌다.

물론, 도의적인 측면에서 옳은 일은 아닐 것이다. 악마의 관점이 어쨌건 그녀는 실제 아름다웠고, 자신만이 유일하게 그녀를 추하지 않다 말해주는 구원자라는 것도 사실이 아니다.

'하지만.'

그녀에게 모든 진실을 알릴 생각은 없다.

애초에 이런 귀찮을 일을 하는 목적은 그녀를 구원하기 위함이 아니다. 괴롭고 고통스러운 악몽에서 꺼내주기 위함이 아니다.

'내가 필요한 건.'

나만의 말을 듣고, 나만의 말을 따르며, 나만을 생각하고, 나만을 위하며.

'나를 위해 죽는.'

그런 존재가 필요했을 뿐이다.

"뭐, 좋아."

강우는 웃었다.

"데려가 주지."

"아……."

할키온의 눈에 환희가 차올랐다.

◆ 7장 ◆

역시 지옥에 로망은 없었다

"오, 강우……."

"그래, 그게 내 이름이야."

"아, 앞으로 강우 님이라고 부, 불러도 되나요?"

버려진 새끼 강아지를 주웠을 때처럼 초롱초롱한 눈빛으로 그를 올려다보는 모습.

강우는 피식 웃으며 고개를 끄덕였다.

할키온의 표정이 환하게 밝아졌다. 그러고는 기쁨을 숨기지 못한 채 두 주먹을 움켜쥐고 바들바들 몸을 떨었다.

'아, 뭔가 죄책감이……'

그래도 사람인지라 저렇게 순수하게 기뻐하는 모습을 보면 양심이 찔렸다. 밀려오는 죄책감에 어깨가 무거워진다.

'그건 그거고.'

양심과는 별개로 해야 할 일은 마무리를 지어야 했다.

"대신 조건이 있어."

"조, 조건이요?"

불안에 떠는 눈빛.

강우는 담담히 말을 이었다.

"내 권속이 되는 거야. 정확히는 사역마지."

사실 할키온 정도 되는 마물에겐 아무리 마기가 많다고 해도 종속의 권능은 통하지 않았다.

'하지만.'

할키온 쪽에서 완전히 굴복하고 종속되기를 바란다면 다른 문제. 종속의 권능의 성공 확률이 비약적으로 높아지게 된다.

'이걸 위해 귀찮은 작업을 한 거니까.'

그녀를 지구로 데리고 나간다면 자신을 역겹다고 말해주지 않는 사람이 강우만이 아니라는 것 정도는 순식간에 밝혀질 것이다.

그녀의 입장에선 구원자가 하나가 아닌 여럿이 되는 것. 지금 강우에게 느끼고 있을 절박한 감정 또한 희미해질 것이 분명했다.

'그전에.'

확실히 코를 꿰어둬야 했다. 종속의 권능이라는, 거부할 수 없는 족쇄를 채워둬야 한다.

"사역, 마요?"

할키온이 동그랗게 눈을 떴다. 그녀는 조금의 고민도 없이 고개를 끄덕였다.

"예, 예! 그, 그렇게 할게요! 사, 사역마가 될게요!"

과연 사역마가 된다는 것이 무슨 의미인지는 알고 저런 말을 하는 걸까.

발록이나 리리스와는 경우가 다르다. 그들은 종속의 권능으로 묶여 있지 않다. 지금 종속의 권능로 묶여 있는 것은 김시훈과 에키드나 정도.

'그 둘은.'

자신의 명령을 거부할 수 없다. '자해해서 죽어라!'처럼 생존 본능을 건드리는 명령까지는 내릴 수 없지만, 그 밖에 대부분의 명령은 거스를 수 없다. 김시훈만 하더라도 그의 뜻대로 조종한 적이 몇 번 있었으니까.

'뭐, 상관없겠지.'

사역마의 의미에 대해서 알고 있건 모르건 자신에겐 상관없는 일이다. 사기꾼이 계약서에 사인하는 피해자의 걱정을 할 필요는 없으니까.

'물론 난 사기꾼이 아니다만.'

적어도 거짓을 말한 것은 하나도 없었다.

그녀가 아름답게 보이는 것도, 데려가 준다는 것도, 그 조건이 사역마가 되는 거라는 것도 숨기지 않고 말했다.

누가 감히 자신을 사기꾼이라 욕할 수 있겠는가.

"좋아."

강우는 손을 뻗어 할키온의 어깨를 잡고 마기를 일으켰다.

'종속의 권능.'

우우우웅!

무시무시한 양의 마기가 흘러나왔다.

액체라고 느껴질 정도로 짙은 마기가 흘러나와 할키온의 몸 안으로 흘러 들어갔다.

할키온은 눈을 감은 채 그의 마기를 저항 없이 받아들였다. 영혼을 옭아매는 강력한 족쇄가 그녀에게 채워졌다.

[대상이 '종속의 권능'을 저항 없이 받아들입니다.]

['종속의 권능'의 성공 확률이 비약적으로 상승합니다.]

[영혼의 종속이 완전히 성공하였습니다. 사역마로 '할키온'이 등록됩니다.]

'그렇지.'

영혼이 이어지는 기묘한 감각. 강우의 입가에 절로 미소가 지어졌다.

발록, 김시훈에 이어 대공과도 겨룰 수 있는 강력한 전력 하나가 새롭게 생겨난 순간이었다.

"아, 아아."

할키온은 자신의 가슴을 부여잡은 채 달뜬 신음을 흘렸다.

강우는 가늘게 몸을 떠는 그녀를 가만히 내려다보았다.

'그나저나 진짜 가슴이 없네.'

에키드나가 오히려 큰 게 아닐까 생각될 정도로 평평한 가슴.

강우는 어깨를 으쓱이며 고개를 돌렸다.

'상관할 건 아니지.'

평평한 가슴을 좋아하는 것은 아니다. 그도 일반적인 남자와 마찬가지로, 굴곡진 몸매를 선호했다. 하지만 그것과는 별개로 할키온의 가슴이 크건 작건 그와는 별반 상관없는 일이다.

'나한텐 임자가 있으니까.'

한설아를 떠올리자 입가가 절로 풀어졌다. 그녀처럼 완벽한 여인이 연인으로 있는데 무슨 욕심을 더 부리겠는가.

"감사, 합니다. 감, 사합니다. 흐윽."

할키온이 뚝뚝 눈물을 흘렸다.

강우는 복잡하단 표정을 지었다. 주인의 명령을 거부할 수 없는 노예로 만든 것이나 다름없는데 고맙다는 말을 들이니 좀 이상한 기분.

"뭐… 서로에 대한 자세한 소개는 좀 나중에 하고."

지금 중요한 것은 따로 있었다.

"물어볼 게 있어."

"물어… 볼 거요?"

할키온이 고개를 갸웃거렸다.

"뭐 하다가 여기에 오게 된 거지?"

"아……."

할키온은 고개를 두리번거리며 주변을 살피더니 조심스러운 목소리로 말을 이었다.

"저, 저도 잘 모르겠어요. 오기 전까지의 기억이… 희미해요."

"기억의 희미하다고?"

"예, 예!"

강우는 가늘게 눈을 떴다. 종속의 권능을 건 이상 거짓말을 할 수 없을 터였다.

"언제부터 기억이 희미한데?"

"그게… 그, 그렇게 오래되지는 않았어요. 하, 한 1년? 저, 정확히는 잘 모르겠어요. 죄, 죄송해요."

죽을죄를 지었다는 듯 연신 고개를 숙인다.

'1년이라.'

짧지 않은 시간이지만 영생을 살아가는 악마와 마물에게 있어서 긴 시간은 아니다.

강우는 과거의 기억을 되짚었다. 1년 전이라면 발록이 악마교에게 소환되어 지구에 왔을 때쯤이었다.

'그때부터 기억이 희미했다면…….'

뭔가 걸리는 게 있었다.

"아예 기억이 하나도 안 나는 거야?"

"아, 아뇨. 그건 아니에요. 조금씩이지만 기억은 나요."

"기억나는 대로 말해 봐."

"으음……. 잘은 기억나지 않지만… 어, 어딘가로 향하고 있었어요."

"향하고 있었다고?"

"예. 마치 최면에라도 걸린 것처럼… 그곳으로 가야 한다는 생각이 들었어요. 그, 그래서 계속 그쪽으로 걸어갔던 것 같아요."

"그러다가 정신을 차려보니 갑자기 이곳에 오게 된 거고?"

"예, 예! 마, 맞아요! 정신이 제대로 돌아오자마자 이곳에 있었어요!"

강우는 굳게 입을 다물고, 옆에 서서 구역질을 참고 있는 발록에게 고개를 돌렸다.

"발록. 고대 마물들이 이상 행동을 보이기 시작한 게 언제부터야?"

-대략 1년 정도 전… 부터입니다. 그때부터 고대 마물들이 서식지를 벗어나 움직이는 일이 일어났습니다.

"확인된 고대 마물의 숫자는?"

-볼카투스, 우로보로스, 라크라샤입니다. 물론, 저기 있는 할키온도 마찬가지고요. 그리고…….

발록이 뜸을 들였다.

-베히모스의 움직임도 확인되었습니다.

베히모스. 마물의 왕이자 대공 레비아탄의 아버지.

그에 대한 정확한 소식은 강우 자신도 거의 듣지 못했다. 베히모스의 서식지로 들어가는 정신 나간 악마들은 없었기 때문.

'베히모스까지 오게 되면 좀 곤란한데.'

다른 고대 마물은 다 그렇다 치더라도 베히모스는 지금 강우로서도 가볍게 여길 순 없었다.

'정신이 희미해졌고, 어딘가로 향하고 있었다.'

그리고 정신을 차리니 게이트에 도착해 있었다.

할키온에게 들은 정보를 머릿속으로 정리한 강우의 표정이 일그러졌다.

'모르겠어.'

정보가 부족하다.

"기억이 희미해지게 된 계기 같은 건 없어?"

"자, 잘 모르겠어요. 어, 어느 날부터 갑자기……."

"다른 고대 마물이나 베히모스에 대해 아는 건?"

"자, 잘 모르겠어요. 본 적도 없어요. 도, 도움이 되지 못해서 죄, 죄송합니다!"

제발 버리지 마세요, 라며 눈물을 흘리는 할키온.

강우는 머리가 아프다는 듯 이마에 손을 올렸다.

'뭔가 일어나고 있어.'

그것이 인위적인 일인지, 아니면 초자연적인 현상인지 알 수 없었다. 하지만 대공이 사라지고, 자신까지 떠난 지옥에서 무언가 일어나고 있다는 것만은 확실했다.

"제길."

짧은 욕설이 흘러나왔다.

사탄을 정리하고 이제 여유 좀 챙기려 했더니 갑자기 불길한 정보를 들어버렸다.

'전부터 알고 있긴 했지만.'

고대 마물과 베히모스가 이상한 움직임을 보이고 있다는 소식에 대해서는 익히 알고 있었다. 하지만 그를 딱히 신경 쓰지 않았던 이유는 그 일이 일어나고 있는 곳이 지옥이었기 때문.

'그런데.'

상황이 바뀌었다.

그들이 지옥에서 얼마나 날뛰건 상관할 바가 아니었지만, 지구로 넘어오기 시작했다면 얘기가 다르다.

"……미치겠네."

가장 큰 문제는 대처할 방법이 없다는 것.

지옥에 넘어갈 방법이 없으니 그 원인을 찾는 것도, 벌어지고 있는 일들을 미연에 막아내는 것도 불가능했다.

"발록, 지옥이랑 연락할 방법은 없지?"

지옥에는 아직 마왕군이 남아 있었다. 발록과 리리스가 사라진 지금 어떻게 되었는지는 확실하지 않지만 쉽게 와해되지는 않았을 것이다. 하지만.

　-없습니다.

　발록은 고개를 저었다.

　강우는 깊은 한숨을 내쉬었다.

　'기다리는 방법밖에는 없나.'

　과연 기다리기만 한다고 해서 이 일이 해결될 것인가.

　"……일단 돌아가자."

　고민을 이어가던 강우는 이내 몸을 돌렸다. 지금 시점에서 해결 방법이 보이지 않았다.

　'해결 방법이라고는.'

　고대 마물들이 게이트에 나타나는 족족 찾아 죽이는 것.

　'할키온처럼 편하게 될 리는 없겠지.'

　그녀는 예외 중의 예외. 아마 다른 고대 마물의 경우는 끝을 보지 않으면 해결이 되지 않을 것이다.

　"쯧."

　가볍게 혀를 찼다.

　'어쩔 수 없지.'

　대처할 방법이 지구로 오는 족족 찾아 죽이는 것밖에 없다면, 그렇게 할 뿐이었다.

'좀 더 빨리 마기 제어력을 올려야겠네.'

기왕 이렇게 된 거 고대 마물을 포식해 힘을 키우는 방향으로 가는 것이 좋다. 그러기 위해서라도 150의 벽에 막혀 버린 제어력을 올려야 했다.

"저, 정말 저도 따라가도 되나요?"

"그래."

가볍게 고개를 끄덕이자 할키온이 활짝 웃으며 종종걸음으로 다가왔다. 그러더니 조심스럽게 옷깃을 잡은 채 행복하다는 듯 웃는다.

'……돌아가면 일단 설아에게 설명부터 해야겠지.'

강우는 복잡한 미소를 지으며 집으로 향했다.

"강우 씨의 새로운 사역마라고요?"

"응."

"에키드나랑… 비슷한 경우인가요?"

"뭐, 그렇지."

같은 상황은 아니지만, 어차피 둘 다 사역마로 받아들인 것은 마찬가지. 큰 차이는 없다.

한설아는 흥미롭다는 듯 할키온을 바라보았다.

"히익!"

할키온은 겁에 질린 채 강우의 뒤에 숨었다. 처음 에키드나와 비슷한 반응.

한설아의 뒤를 따라온 에키드나가 불만 가득한 눈빛으로 할키온을 노려보았다. 그녀는 강우의 팔을 잡아끌며 할키온을 경계했다.

"강우, 내 거야. 넘보지 마, 신입."

'무슨 텃세 부리는 선배냐.'

강우는 헛웃음을 흘리며 에키드나의 머리를 쓰다듬었다.

"일단 오늘은 내 방에서 재울게."

"강우 씨 방에서요?"

"응. 애 상태가 좀 이렇다 보니……."

할키온은 강우의 옷깃을 잡은 채 새파랗게 질린 표정으로 온몸을 바들바들 떨고 있었다.

'성격도 성격이겠지만.'

마물의 특성 문제도 있다.

마물들의 대부분은 고양잇과의 짐승처럼 일정한 서식지를 만든 채 그 밖으로 나가지 않는 특성을 지니고 있다. 처음 그의 집에 온 지금이 가장 불안에 떨고 경계심이 클 시기. 며칠간은 그가 붙어 있어야 할 것이다.

"아, 그렇군요. 식사는 그럼 어떻게 할까요?"

"먹을 건 필요 없어."

"음……. 그러면 이불이랑 베개랑 꺼내 올게요."

"고마워."

강우는 할키온을 돌아보며 말했다.

"들어가자."

"아… 예, 예!"

방으로 들어가자 할키온이 쪼르르 뒤따라 왔다.

방 안에 둘만 남으니 그녀의 표정이 한결 밝아졌다.

"오늘은 좀 피곤할 테니까 이만 자자."

할키온과의 전투 이후 머리가 복잡해지는 얘기까지 들었더니 피로가 몰려왔다.

강우는 방바닥에 그녀가 잘 이불을 깔아주었다.

할키온이 불안에 찬 눈빛으로 그를 올려다보았다.

"가, 같이 자면… 안, 되나요?"

"응?"

뜻밖의 제안.

할키온이 다급히 머리를 조아렸다.

"아, 아니에요! 제, 제가 주제넘게 이, 이상한 소리를! 죄, 죄송합니다!"

죽을죄를 진 것처럼 눈물을 쏟아내는 그녀를 보며 강우는 입을 다물었다. 절로 한숨이 흘러나오는 상황.

'솔직히 싫은 건 아닌데.'

좋냐 싫냐를 따지면 오히려 좋긴 하다. 할키온과 같은 눈이 번쩍 뜨이는 미녀와 같은 이불을 쓴다는 데 싫을 리가.

'그래도 설아한테 미안한데.'

의도치 않은 외도를 하는 듯한 기분에 머릿속이 복잡해졌다.

고민을 이어가던 강우는 낮은 목소리로 입을 열었다.

"……오늘만이다."

종속의 권능으로 사역마까지 만들어 버렸는데 하루쯤 함께 자주는 것이 대수랴.

'어차피 잠만 같이 자주는 거니까.'

욕망을 참지 못하게 될 걱정은 없다. 고작 이 정도의 충동을 참지 못했다면 악마의 육체가 가져다주는 욕구를 참을 수 있을 리가 없었다.

"가, 감사합니다!"

할키온이 환한 표정으로 두 주먹을 움켜쥐었다.

순수한 그녀의 모습에 피식 웃음이 흘러나왔다.

탁.

불을 끄고 누웠다.

"헤헤헤……."

옆에 누운 할키온이 배시시 웃었다.

강우는 침대에 누워 오늘 있었던 일들을 되짚었다.

'막상 이렇게 되니 뭔가 더 아쉬워지네.'

만약 구백 년 전에 발록의 보고를 듣고 할키온을 만났더라면 악몽 같았던 지옥 생활에 조금의 활력이 되진 않았을까, 하는 아쉬움이 스쳤다.

'아키야마, 네가 옳았다.'

리리스를 소환한 정신 나간 일본인을 떠올렸다.

'지옥에도 로망은 있었던 거야.'

그가 찾지 못했을 뿐. 그곳에도 숨겨진 보석이 있었다.

"헤헤…… 강우 님."

할키온이 몸을 밀착했다.

"야, 너무 달라 붙……."

그때였다.

"어?"

무언가 이상한 감촉이 허벅지에서 느껴졌다. 있을 리 없는, 있어서는 안 되는 감촉.

'뭐야 씨발.'

강우는 이불을 들췄다. 그러고는 고개를 내려 딱딱한 감촉의 정체를 살폈다.

"아니, 잠깐만."

새파랗게 표정이 질렸다.

"너……."

"무슨 일이세요?"

강우는 벌어진 입을 다물지 못한 채, 말을 이었다.

"남자… 였어?"

덜렁덜렁.

"나, 남자…요?"

고개를 갸웃거리던 할키온이 이내 무언가를 깨달은 듯 다급히 말을 이었다.

"아……! 저, 저는 그, 야, 양성… 이에요."

"양성?"

이건 또 뭔 개소리란 말인가.

할키온이 고개를 끄덕이며 말했다.

"예. 제, 제가 원하는 성별을 서, 선택할 수 있어요."

'이건 또 뭔 세상 편한 설정이야.'

악마와 마물에게도 인간과 마찬가지로 성별이 존재했다. 그런 경우가 많지는 않지만, 악마나 마물들도 자식을 가지는 경우가 종종 있었으니까. 그중에 양성이 있다는 것은 들어본 적도 없었다.

'어쨌든.'

성별을 선택할 수 있다니 철렁했던 마음이 좀 진정 됐다.

"호, 혹시 여성체… 를 선택하는 것이 강우 님에게 더 좋은가요?"

"당연하지."

망설이지 않고 답했다. 저 외모에 남자라니, 상상하고 싶지 않았다.

할키온은 활짝 미소를 지으며 주먹을 움켜쥐었다.

"그, 그럼 조금만 기다려주세요! 오, 오래 걸리지 않아요!"

"그래 그럼 지금 바로……."

"하, 한 백 년 정도면 바꿀 수 있어요."

"예?"

백 년이요?

"네!"

할키온은 해맑게 웃었다.

확실히 영생을 살아가는 이들에게 있어 백 년이란 시간은 그리 길지 않을 수 있었다.

하지만. 그 말은, 그렇다는 얘기는.

'백 년 동안 달린 채로 있어야 한다는 거잖아.'

강우의 표정이 새파랗게 질렸다.

'아니.'

강우는 머리를 움켜쥐고 옆자리에 누운 할키온의 얼굴을 살폈다.

"호, 혹시 무슨 문제라도 있나요?"

조심스러운 목소리로 물어보는 할키온.

강우는 굳게 입을 다물었다.

문제가 있냐니, 문제밖에 없다. 허벅지에는 아직도 선명하게 '그 물건'의 감촉이 남아 있다.

전투 중에는 그곳을 신경 쓸 생각도 못 했지만 지금 와서 천천히 보니 짐승의 가죽으로 만들어진 것 같은 옷 위로도 충분히 자기주장을 펼치고 있었다.

'아니, 대체… 대체 왜……'

억울함을 넘어 분노까지 느껴졌다.

'왜 하필.'

저 외모에 달려 있단 말인가.

"이런 ×발……."

아무렇지도 않을 거라 생각한 잠자리의 난이도가 갑자기 최고난이도로 치솟기 시작했다.

물론, 처음부터 함께 누워 자는 것 외에 다른 것을 할 생각은 없었다. 문제는 그게 아니다.

'제기랄.'

강우는 혼란해진 머리를 움켜쥐었다.

사실 이것과 비슷한 상황에 놓인 것은 몇 번 있었다. 김시훈만 해도 가끔 묘한 분위기를 풍기니까.

'아니야.'

고개를 저었다. 다르다. 김시훈과 할키온 사이에는 넘을 수 없는 벽이 존재했다.

김시훈은 어디까지나 장난의 일환으로 웃으며 넘어갈 수 있었다. 그런데 할키온은 다르다.

　'계속 이 상황이 지속되면…….'

　강우의 표정이 창백해졌다.

　무심코, 정말 제어할 수 없는 무의식중에, 심연과도 같은 깊은 의식 속에서 '뭐 이 정도는 괜찮지 않을까' 하는 생각이 들기 시작했다.

　"아니야!!"

　"꺄악!"

　다급히 몸을 일으킨 강우가 식은땀을 흘리며 거칠게 숨을 몰아쉬었다.

　"아……."

　할키온은 거친 숨을 몰아 내쉬는 강우를 올려다보며 무언가를 깨달았다는 듯 탄성을 흘렸다.

　"그, 그렇군요."

　'뭐가.'

　그는 뺨을 붉히며 고개를 끄덕였다.

　"저, 전 괜찮아요."

　'난 안 괜찮아.'

　"가, 강우 님이 그렇게 하고 싶으시다면……."

　'아냐, 하기 싫어. 싫다고.'

"전······."

'아니.'

할키온은 붉게 달아오른 표정으로 다소곳이 고개를 숙였다. 허벅지에 닿는 무언가의 감촉이 한층 더 선명해졌다.

"아."

강우는 두 손으로 얼굴을 덮었다.

"인생 ×발······."

나한테만 왜 그래.

'나도 좀 행복해지고 싶어.'

자기도 모르게 눈물이 흘러나왔다.

"······무슨 일 있었나요, 강우 씨?"

다음 날 아침. 다크서클이 짙게 내린 강우의 얼굴을 본 한설아가 걱정스러운 목소리로 물었다.

강우는 굳게 입을 다문 채 한설아를 응시했다. 그러고는 손을 뻗어 그녀의 두 손을 잡았다.

"가, 강우 씨?"

"임자."

"아, 예······."

"난 임자밖에 없는 거 알지?"

"……?"

갑작스러운 그의 행동에 한설아가 고개를 갸웃거렸다.

강우는 한설아의 손을 잡아끌어 그 몸을 굳게 껴안았다.

"꺄, 꺄악!"

한설아의 표정이 붉게 달아올랐다.

그녀는 다급히 고개를 돌려 주변을 살폈다. 다행히 아무도
보이지 않았다.

"가, 강우 씨도 차암."

배시시 입가가 풀어진다. 갑자기 왜 이런 반응을 보이는지
는 알 수 없었지만 나쁜 기분은 아니었다.

한설아는 강우의 어깨에 이마를 기댔다. 심장이 두근거리
는 소리가 그에게 들릴 것만 같았다.

"후우. 이제 좀 진정됐다."

"아……."

강우가 팔을 풀자 한설아가 아쉽다는 듯 탄성을 흘렸다.

"무슨 일 있으신가요?"

"별일 아냐."

"그런 말씀 마시고요. 엄청 피곤한 얼굴이세요."

강우는 굳게 입을 다물었다. 지난 밤 있었던 사건을 풀어 설
명하기엔 뭔가 사정이 너무 복잡했다.

'대체 뭐라고 해야 하냐.'

할키온에게 있어선 안 되는 무언가가 있어서 절망했다고 사귀고 있는 연인에게 말할 수 있을 리가.

강우는 억지 미소를 지으며 대답을 피했다.

"음…… 말하기 힘든 일이라면 굳이 말하지 않으셔도 괜찮아요."

한설아는 난처해하는 그의 모습에 방긋 웃었다.

"아, 그보다 강우 씨 오늘 약속 있다고 하시지 않았나요? 아까 전에 가이아 씨에게서 연락이 왔었어요."

"아, 맞다."

할키온에 대한 일 때문에 까맣게 잊고 있었지만 오늘은 가이아, 김시훈과 함께 라파엘을 만나기로 한 날이었다.

'아직 몸이 다 낫지 않았다고 했나.'

사탄과의 교전에서 치명상에 가까운 상처를 입은 라파엘은 아직 몸을 회복하고 있다 들었다. 그나마 이렇게 만남을 요청한 것을 보면 몸 상태가 꽤나 좋아진 모양.

'만나기 싫은데.'

천사들과의 만남은 되도록 피하고 싶었지만 어쩔 수 없었다. 어쨌든 지금 당장만 보면 그들은 예언의 악마, 사탄을 함께 쫓는 아군이었으니까.

"그 라파엘… 이라는 천사를 만나러 가신다고 하셨죠? 좀 궁금하네요. 천사는 어떻게 생겼나요?"

"인간이랑 큰 차이는 없어."

몸집의 경우 도저히 인간이라고 볼 순 없었지만.

"비유하면… 하얀 날개가 달린 거인?"

아마 딱 그 정도가 적당한 비유일 것이다.

한설아는 흥미롭다는 표정으로 물었다.

"신기하네요."

"음……."

강우는 한설아의 등을 떠올렸다. 선명한 천사의 날개의 문양이 나타나고 있는 그녀의 등.

'한번 천사에게 물어봐야 하나?'

몸에 딱히 이상이 있는 것 같아 보이지는 않았지만, 걱정스러운 것은 사실. 문양도 천사의 날개가 떠오르고 있으니 왠지 그들이라면 알 수도 있지 않을까, 하는 생각이 들었다.

고민을 이어가던 강우는 이내 천천히 고개를 저었다.

'일단 보류.'

천사들은 아직 완전히 신뢰할 수 있는 아군이 아니다. 조금 더 그들과 신뢰를 쌓고 난 이후 만나도 늦지 않을 것이다. 알 수 없는 천사의 문양이 나타난 지 1년이 지났는데도 별다른 이상이 없었으니까.

'그냥 특성 때문인가?'

가늘게 눈을 떴다.

플레이어가 특성을 각성한 이후 신체에 변화가 일어나는 일은 종종 있는 일이다.

"설아야, 잠깐만."

"예? 아… 꺅!"

강우는 그녀의 몸을 돌려 옷을 들췄다. 은은한 빛이 흘러나오는 날개의 문양이 보였다. 아마 어둠 속에서 그녀를 본다면 등만 희미하게 빛나고 있을 것이다.

'빛이 더 짙어지고 있어.'

"가, 강우 씨? 저, 전 괜찮지만… 그, 대, 대낮부터는 조, 좀……."

한설아는 새빨갛게 달아오른 얼굴로 고개를 푹 숙였다.

"저, 적어도 제 방에서……."

"혹시 이 문양이 나타나고 달라진 건 없어?"

"……예?"

눈을 동그랗게 뜬 한설아가 고개를 돌렸다.

그제야 그녀는 자신의 등을 빤히 바라보고 있는 강우의 목적을 깨달았다.

머리에 새하얀 김이 뿜어져 나오지 않을까 싶을 정도로 얼굴이 달아오른다.

"벼, 별다른 이상은 없었어요!"

"그래?"

그렇다면 역시 당분간 내버려 둬도 될 것 같았다.

"그럼 난 이만 수호의 전당으로 갈게. 할키온 아직 자고 있으니까 일어나면 좀 말이라도 걸어줘."

들쳐 올린 옷을 다시 내리는 그의 모습. 강우의 눈빛에는 조금의 사심도 찾아볼 수가 없었다.

한설아는 가늘게 눈을 뜬 채 강우를 흘겨보았다.

뭔가, 몹시, 마음에 들지 않았다.

"……앞으로 일주일 동안 김치찌개는 없어요."

"응? 왜, 왜? 왜 그런 끔찍한 일을……."

"그렇다면 그런 줄 아세요."

한설아가 냉랭하게 몸을 틀렸다.

"아니, 대체 어째서!!"

강우는 억울하다는 듯 외쳤다. 그의 목소리가 허망하게 집 안에 울려 퍼졌다.

◆ 8장 ◆
계시

"오셨나요, 강우 씨?"

"기다리고 있었습니다, 형님."

수호의 전당에 들어가자 가이아와 김시훈의 모습이 보였다.

강우는 가볍게 고개를 끄덕였다.

"무슨 일 있으십니까 형님?"

"아무것도 아냐."

강우는 기운 빠진 목소리로 말하고 가이아를 향해 시선을 옮겼다.

"그나저나 라파엘 님은 어디서 만나기로 했습니까?"

"전처럼 아프리카 쪽에 있는 요새에서 만나기로 했습니다."

"라파엘 님의 몸은⋯⋯."

"많이 좋아지셨다고 하더군요."

강우는 활짝 웃으며 고개를 끄덕였다.

"정말 다행이네요."

사실 라파엘이 좀 더 오래 누워 있기를 바랐지만, 겉으로 티를 낼 수는 없었다.

"그럼 슬슬 출발하죠."

약속한 시간이 얼마 남지 않았다.

강우는 아프리카로 통하는 게이트를 향해 몸을 돌렸다.

김시훈이 가이아가 앉은 휠체어를 끌며 그 뒤를 따랐다.

"오랜만이군."

황무지 위에 만들어지고 있는 천사들의 요새. 5미터에 달하는 몸집에 걸맞게 거대한 의자에 앉은 라파엘이 손을 들어 올렸다.

"몸은 괜찮으십니까?"

"많이 나아졌다. 그대는 어떤가?"

"저도 이제는 다 회복했습니다."

강우는 가볍게 팔을 돌리며 말했다.

"그보다 무슨 일로 부르신 겁니까?"

"내가 부른 것이 아니다."

"예?"

이건 또 무슨 소리란 말인가.

라파엘은 덤덤히 말을 이었다.

"지구의 신에게 연락이 왔다. 너희를 이곳으로 불러 같이할 얘기가 있다고 하더군."

"……지구의 신이라고요?"

"누군지는 너희가 더 잘 알고 있지 않나."

라파엘의 시선이 가이아를 향했다.

강우와 김시훈의 두 눈이 부릅떠졌다.

"설마……."

우우우웅!!!

그때, 휠체어에 앉아 있는 가이아의 몸에서 찬란한 빛이 뿜어져 나왔다.

"아, 아아."

그녀는 입을 벌린 채 짧은 신음을 흘렸다.

가이아의 몸이 격렬히 떨렸다.

"가이아 씨!"

"이건……."

강우는 가늘게 눈을 떴다.

몇 번 본 적 있는 모습이다.

'계시.'

지구의 신들이 화신의 몸을 통해 수호자들에게 연락할 때 사용하는 방법.

"나의, 아이, 들아."

가이아의 입에서 희미한, 당장에라도 쓰러질 것 같은 목소리가 흘러나왔다.

강우의 표정이 굳었다.

'전이랑 달라.'

신이 직접 그녀의 입을 통해 말을 하고 있는 것. 가이아가 누구의 화신인가를 생각하면 저 목소리의 주인이 누군지 추측하는 것은 어렵지 않았다.

'가이아.'

화신이 아닌, 진짜 가이아의 목소리.

"하아, 하아. 너희에게, 전해, 줘야만 하는, 말이… 있, 다."

더듬거리는 목소리. 라파엘과 강우, 김시훈의 시선이 그녀에게 쏠렸다.

'또 뭔 말을 하려고.'

강우는 마음에 들지 않다는 듯 그녀를 노려보았다.

가이아에 대해 좋은 감정이 있을 수가 없었다. 그녀는 지구에 왔을 당시 그를 고생시킨 장본인이자, 예언의 악마 사탄의 손에서 지구를 제대로 지키지 못한 무능한 신이다. 얼마나 무능하면 스스로 나서지 못하고 이계의 신이나 천사들에게 애걸복걸을 한단 말인가.

"사탄은, 예언의, 악마가… 아니, 다."

"……무, 무슨?"

"그게 대체 무슨 말인가!"

김시훈과 라파엘이 동시에 외쳤다.

그들의 표정이 창백하게 질렸다.

'아니, 씨발.'

강우의 표정 또한 창백히 질린 것은 마찬가지.

'이 빌어먹을 신이 대체 무슨 헛소릴 하는 거야?'

온갖 개고생을 하며 풀매수한 사탄 코인인데.

'이게 떡락한다고?'

"그럴 리가 없다!"

라파엘이 자리에서 일어섰다.

'그렇지! 잘한다, 라파엘!'

강우가 고개를 끄덕였다.

"그렇습니다. 사탄은 스스로 예언의 악마라는 것을 인정했습니다."

광기에 찬 웃음을 터뜨리며 이제까지 모든 일들을 자신이 했다고 인정하던 사탄의 모습이 떠올랐다.

분노와 광기에 찬 그 눈빛. 악에 받친 그 목소리를 듣고도 누가 감히 사탄이 예언의 악마가 아니라 생각하겠는가.

"아, 아, 니다. 사탄, 은 예언의, 악마가… 아니야."

가이아가 힘겨운 목소리로 말했다.

김시훈이 그녀의 어깨를 잡으며 외쳤다.

"무, 무언가 착각한 것이 틀림없습니다! 그자가, 그자가 예언의 악마가 아니라니요……!"

러시아에서 일어난 거대한 전쟁. 그곳에서 라파엘은 치명상을 입었고, 강우조차 생사의 위협 속에서 간신히 살아왔다.

그럼에도 사탄을 잡지 못했다. 그럼에도 그를 이기지 못했다. 광기와 분노에 찬 그 악마는 지금 이 순간에도 어딘가에서 살아 숨 쉬며 세계의 파멸을 노래하고 있다.

'그런데.'

이제 와서 사탄이 예언의 악마가 아니라고?

"그럴 수는……."

김시훈은 고개를 떨궜다. 허망한 감각이 전신을 짓눌렀다.

가이아가 힘겹게 손을 뻗어 그를 끌어안았다.

"미, 미안하다. 나의 아이, 야. 너에게 너무도 무거운 짐을 맡겨 버렸구나."

가이아가 슬픔에 찬 목소리로 말했다.

"하, 하지만. 사탄, 그자는… 예언의, 악마가 아니다. 세, 세라핌과 내가 보았던… 예언의 악마는, 그자가, 아니었다."

그녀는 공포에 질린 목소리로 말했다.

라파엘이 흥분을 가라앉히며 침착한 표정으로 답했다.

"사탄이 예언의 악마가 아니라면 대체 누가 예언의 악마라는 말씀입니까?"

"모, 모른, 다."

가이아가 고개를 저었다.

라파엘의 표정이 일그러졌다. 강우와 김시훈 또한 마찬가지.

"방금 전에 보셨다고 하시지 않았습니까?"

김시훈이 따지듯 물었다.

"저, 정확히 설명, 하기가 어렵구나. 그, 그자는 너무도 큰 어둠… 그, 그 모습을 완전히 알 수는 없었다."

"그렇다면 사탄이 예언의 악마일 가능성도……."

"아, 아니다."

단호히 고개를 저었다.

가이아는 거친 숨을 몰아 내쉬며 말을 이었다.

"그자에게는, 심연의 어둠이… 보이지, 않았, 어."

"마지막에 그가 꺼낸 검은 보석. 그것이 심연의 어둠이 아니란 말씀입니까?"

"예, 예언의 악마가 지닌 힘은 더욱 거대한 것… 가, 감히 그것과는 비교할 수 없는 어둠이다."

침묵이 내려앉았다. 감당하기 어려운 스케일의 말에 정신이 아득해지는 감각.

가이아가 파르르 몸을 떨었다.

"나, 나의 아이들아. 예, 예언의 악마를… 조심하거라. 심연, 의 괴물이 너희를……."

가이아를 감싸고 있던 빛이 점차 그 빛을 잃어가기 시작했다.

곧이어, 휠체어에 앉아 있던 가이아의 몸이 무너지듯 옆으로 쓰러졌다.

"가이아 씨!"

김시훈이 넘어지려는 그녀의 몸을 다급히 잡았다.

"시, 훈 씨⋯⋯?"

가이아가 창백한 표정으로 물었다. 그녀의 몸은 당장에라도 쓰러질 것처럼 애처롭게 떨리고 있었다.

"어, 어떻게 된 일⋯⋯."

"일단 쉬세요. 나중에 제가 설명드리겠습니다."

김시훈은 그녀를 품에 꼭 안은 채 낮은 목소리로 말했다.

가이아의 두 눈이 감기고 다시 한번 무거운 침묵이 내려앉았다.

라파엘은 머리가 아프다는 듯 이마에 손을 올렸다.

"대체 이게 무슨⋯⋯."

혼란에 빠진 목소리.

강우가 그를 향해 물었다.

"라파엘 님, 혹시 예언의 악마로 짐작 가는 악마는 없으십니까?"

라파엘은 굳게 입을 다물고 시선을 피했다. 의도적으로 시선을 피한 그의 모습에 강우의 눈이 반짝였다.

"짐작 가는 다른 악마가 있으신 거군요."

"······말할 수 없다."

단호한 목소리로 말한다.

"이 일은 미카엘 님이 주도하시고 계신 일이다. 잊어라, 인간."

강우는 무언가 말하려다 이내 입을 다물고 가늘게 눈을 떴다.

라파엘이 중얼거리듯 말했다.

"하아······. 이제 어찌해야 한단 말인가."

라파엘은 한숨을 내쉬었다.

강우가 담담한 목소리로 답했다.

"해야 할 일은 지금과 같습니다."

예언의 악마가 누구이건 중요치 않다. 결국 그들이 할 수 있
는 일을, 해야 하는 일은 하나였다.

"사탄을 찾아야 합니다."

강우는 확신에 찬 목소리로 말했다.

'사탄을 찾지 못하면 일이 진행되지 않아.'

심연이라고 불리는, 끔찍한 마기를 몸에 두른 사탄의 모습
을 떠올렸다.

"설사 그자가 예언의 악마가 아니라고 하더라도 심연의 마기를
다룬 것으로 봐서는 예언의 악마와 연관이 있는 것이 분명합니다."

"······듣고 보니 그렇군."

라파엘이 고개를 끄덕였다.

넘어야 할 산이 말도 되지 않게 많아졌지만 해야 할 일은

명확하다. 산을 오르는 것. 눈앞의 악을 처단하는 것.

'그를 위해서라면.'

라파엘은 가늘게 눈을 떴다. 김시훈과 오강우, 그들을 넘어 요새 안에서 분주히 일하고 있는 자신의 부하들이 보였다.

악을 처단하기 위해서라면. 빛의 승리를 위해서라면.

'뭐든지.'

그 어떤 희생을 치러서라도.

"······우리 쪽에서도 지원을 아끼지 않으마."

"감사합니다."

강우는 고개를 숙였다.

사탄이라는 강력한 악마와 싸우기 위해선 천사들의 도움이 필수 불가결했다.

"사탄에 대해서 찾은 단서는 없으십니까?"

"얼마 전까지는 상처 회복과 요새 건설에 전념하느라 단서를 찾지 못했다. 이제부터 본격적으로 찾아봐야겠지."

"그러고 보니 전에 루드비히가 루시퍼의 뒤를 쫓고 있다고 말했는데 그건 어떻게 되셨습니까?"

"그건······."

라파엘은 깊은 한숨을 내쉬었다.

"루시퍼도 마찬가지다. 그자는 자신의 세력을 버리고 완전히 자취를 감췄어."

"……혹시."

강우는 꿀꺽 침을 삼켰다.

"그 루시퍼가 예언의 악마일 가능성은 없습니까?"

라파엘은 굳게 입을 다물었다. 혼란하고, 복잡하다는 표정.

그는 이내 천천히 고개를 저었다.

"루시퍼가 신성(神聖)을 지닌 것은 사실이다. 하지만… 그자
는 아니야. 직접 그와 싸워봤기에 알 수 있다. 놈은 마해를 지
니고 있지 않아."

확신에 찬 그의 말.

반론을 할 수 있을 리가 없다. 이 중에서 루시퍼와 가장 많
은 전투를 해본 것이 바로 라파엘이었으니까.

"……일단 저희는 돌아가겠습니다. 사탄에 대한 정보를 얻
으면 바로 연락드리겠습니다."

"부탁하지."

라파엘이 고갤 끄덕였다.

김시훈이 가이아를 안아 들었다.

"……돌아가자."

강우는 몸을 돌렸다. 발걸음이 무거웠다.

콰앙!

"이런 X바아아알!!!"

벽을 후려친다. 마기를 끌어 올리지 않았음에도 단단한 벽이 움푹 패였다.

"제길, 제길, 제길!!"

거친 욕설을 쏟아내고 표정이 일그러졌다.

'이 미친 트롤러가!!'

가이아에 대해 생각하니 울화통이 치밀어 올랐다.

다 된 밥에 재를 뿌리는 것을 넘어 밥상을 뒤집어엎어 버렸다.

"하아……."

깊은 한숨이 흘러나왔다.

힘겨운 목소리로 더듬더듬 개소리를 쏟아냈던 그녀의 모습이 떠올랐다.

'이 무능한 새끼.'

지구를 제대로 수호하지도 못해 파산이나 다름없는 상황에 놓이게 만들어놓고, 어찌 수습하나 했더니 이걸 이렇게 방해해 버리다니.

'내가 그렇게 개고생을 했는데.'

사탄의 정체와 그가 벌인 악행을 만천하에 밝히기 위해서 얼마나 많은 노력을 했던가.

'그런데.'

다 허사가 되어버렸다. 신의 예언인지 나발인지 때문에 안정적으로 쌓아 올린 탑이 눈 깜짝할 사이에 망가져 버리고 말았다.

"예언의 악마……."

세계를 파멸시킬 악마. 모든 신들이 입을 모아 막아야 한다고 말하는 존재.

강우는 머리칼을 움켜쥐었다.

'사탄이 아니라면 대체 누가 예언의 악마인데.'

일단 자신은 아니다. 자신일 리가 없다.

생각해 보라. 영웅신의 선택을 받은 빛의 용사의 정체가 세계를 파멸시킬 예언의 악마라니. 어디 억지 반전을 노린 B급 소설의 클리셰도 아니고 그럴 리가 없지 않은가.

'그래, 그럴 리가 없어.'

몇 번을 생각해도 자신은 예언의 악마가 아니다.

이제까지 그가 해왔던 업적을 생각하면 어려운 고민도 아니다. 그 누구보다 앞서서 악마들을 처치했다. 굶주린 맹수처럼 그들을 학살했던 이유가 무엇이었나.

'당연히 이 세계를 지키기 위해서지.'

악에 물든 자들에게 빛의 심판을 내리기 위함이었다.

사탄의 죄악을 낱낱이 밝히고, 악마교를 와해시킨 것이 누구인가. 바로 자신이다. 그런 자신이 예언의 악마라니.

'말도 안 되는 소리.'

분명 다른 새끼가 있을 것이다. 교묘하게 신들을 조롱하고, 세계를 손바닥 위에 가지고 놀고 있는 악마가.

"루시퍼도 아니라면 대체……."

누가 예언의 악마란 말인가.

막막한 감각이 전신을 짓눌렀다. 깊은 한숨이 쉬지 않고 흘러나왔다.

그때였다.

달칵.

문이 열리며 허리까지 내려오는 흑발의 여인이 들어왔다.

"무슨 일 있으신가요, 강우 님?"

리리스가 걱정스러운 목소리로 물었다.

강우는 고개를 저으며 거대한 소파에 앉았다. 김시훈, 가이아와 헤어진 그가 향한 곳은 발록의 집. 건물 하나를 통째로 사서 발록이 살기 좋게 개조한 곳이다.

"……아무것도 아냐. 그보다 발록은?"

"지금 제가 부탁한 조사를 위해 중동에 가 있어요."

"중동?"

강우가 고개를 갸웃거리며 물었다.

리리스가 고개를 끄덕였다.

"예. 그전에 칼기아에 대해 조사해 달라 말씀하셨잖아요."

"아."

기억났다.

칼기아. 악마교의 마지막 남은 위상이자 전쟁에서도 모습을 보이지 않았던 흑마도사.

"찾은 거야?"

"일단 의심되는 곳이 있어서 발록에게 조사를 부탁했어요. 제 생각이지만… 칼기아가 있는 곳이 확실한 것 같아요."

강우의 눈이 반짝였다.

방금 전 들었던 최악의 소식을 해결할 수는 없었지만, 나쁘지 않은 소식이었다.

'일단 악마교를 뿌리 뽑아야 마음이 편하니까.'

예언의 악마와 사탄에 대한 것은 그 뒤에 생각해도 늦지 않다.

"발록에게 칼기아라는 자의 목을 가져오라고 할까요?"

리리스가 물었다.

"음…… . 잠시만."

강우는 고민에 잠겼다.

"일단 위치만 확인하고 빠지라고 해."

"직접 처리하실 생각이신가요?"

"아니."

고개를 저었다.

칼기아에 대해선 생각해 둔 것이 있었다.

"칼기아는 시훈이가 죽일 거야."

요즘 통 등장을 못 한 주인공에게 슬슬 먹잇감을 던져줄 차례였다.

　황량한 사막.

　해골이 살아 움직이는 것이 아닐까 의심스러울 정도로 비쩍 마른 노인이 끝없이 펼쳐진 모래 위를 걷고 있었다.

　지팡이를 짚은 채 걸어가고 있는 노인을 매서운 모래 폭풍이 덮쳤다.

　탁.

　손에 쥔 지팡이를 가볍게 내려찍자 지팡이에서 흘러나온 검은 마기가 모래 폭풍에 닿았다.

　파앙!

　허망한 소리와 함께 터져 나간 모래 폭풍.

　자연재해를 고작 가벼운 동작 하나로 막아낸 노인은 무덤덤한 표정으로 몸을 돌렸다. 다시 발걸음을 옮긴다. 멈추지 않고, 계속.

　머지않아 완전히 무너져 내린 폐허가 나타났다. 노인은 날카로운 눈으로 주변을 살폈다. 그리고.

　"아아……."

노인의 입에서 짧은 탄성이 흘러나왔다.

전율에 찬 듯 몸을 떨던 그가 몸을 숙여 모래를 들췄다. 검은색 표지의 책 한 권이 모래 속에서 모습을 드러냈다.

"끌, 끌끌……."

음산한 웃음소리가 흘러나왔다.

노인은 광기에 찬 눈빛으로 광소를 터뜨렸다.

"드디어, 드디어……!"

그는 책을 손에 쥔 채 두 팔을 벌렸다.

"진실을 찾았도다!"

유레카를 외친 아르키메데스처럼 그는 웃었다. 환호하고, 전율했다. 넘실거리는 광기가 노인의 몸에서 흘러나왔다.

"끌, 끌끌."

그는 황량한 사막을 향해 몸을 돌렸다.

지구. 수많은 인간들이 살아 숨 쉬고, 셀 수 없는 악의와 광기가 가득한 별. 그에게 있어 이 별은, 이곳에 살아 숨 쉬는 모든 인간들은 증오의 대상이었다.

"이제……."

노인은 주름이 내려앉은 입가를 비틀어 올렸다.

"종말이 도래할 것이다."

"흐응. 생각하신 것보다 훨씬 더 그 인간을 챙기시네요."

리리스가 놀랍다는 듯 말했다.

강우가 부하를 끔찍이 아끼는 것은 이제껏 함께해 온 시간들로 어렵지 않게 알 수 있었지만 이렇게 한 명을 정해서 육성하다시피 키우는 것은 본 적 없었다.

"좀 질투 나네요."

리리스가 장난스럽게 미소를 지으며 강우의 팔을 끌어안았다.

강우는 피식 웃음을 흘렸다.

"챙긴다기보단 효율의 문제지."

지금 자신이 칼기아의 목을 따버리더라도 얻을 수 있는 이득은 크지 않았다. 현재 전력만 놓고 봤을 때 혼자서 악의 위상과 싸울 수 있는 전력은 셋.

'할키온과 발록, 그리고 김시훈.'

당장의 전력을 비교해 보면 할키온이 가장 위, 그 아래로 발록과 김시훈이 나란히 있을 것이다.

'여기서 칼기아를 잡았을 때 가장 확실한 이득을 볼 수 있는 놈은.'

생각할 것도 없다. 발록과 할키온, 김시훈 사이에는 가장 결정적인 차이가 있었다.

'김시훈이 플레이어란 사실이지.'

그는 시스템의 축복을 받고 있다. 즉, 칼기아를 죽였을 때 경험치를 얻고 레벨을 올릴 수 있다는 의미.

하지만 발록과 할키온은 다르다. 그들에겐 레벨의 개념도, 경험치도 없다. 가진바 성장 기대치가 다를 수밖에 없다.

'뭐, 요즘 발록을 생각하면 그것도 아닌가.'

최근 들어 가장 놀랐던 소식 하나가 바로 발록이 '패왕갑'이라는 알 수 없는 힘을 각성한 것.

사실 그건 '상식적으로'는 불가능한 일이다.

'악마는 태어날 때부터 그 한계가 정해지니까.'

대공은 대공으로서 태어난다.

구천지옥의 악마는 애초에 구천지옥에서, 팔천지옥의 악마는 애초에 팔천지옥에서 탄생한다. 그 벽을 넘는 것은 '자력'으로는 불가능에 가깝다.

'하지만.'

발록은 그 벽을 넘었다. 한계를 극복하고, 벨페고르를 죽였다.

단순히 자신이 마기 스탯이 늘어나며 발록의 힘이 강해졌기 때문은 아니다. 고작 마기의 양이 많아진다고 해서 대공을 죽일 수는 없다.

'앞으로 더 성장하겠지.'

한번 한계를 넘어본 자는 그 위를 상상할 수 있다. 자신이 그랬던 것처럼. 발록 또한 더욱 아득한 곳을 향해 걸어갈 것이다.

발록이 최근 수련에 몰두하고 있는 이유 또한 그 때문.

"어쨌든, 준비해 줄 수 있어?"

"네. 위치가 확인되는 대로 바로 출발할 수 있도록 조치를 취할게요."

"시훈이 혼자만 갈 수는 없으니까… 되도록 군대를 붙여서 교전할 수 있도록 만들어줘."

칼기아가 아무 세력도 없이 혼자 딸랑 있을 리는 없다. 아마 남은 악마교의 잔당은 칼기아를 중심으로 모여 있을 가능성이 높다.

'마지막 남은 위상이니까.'

악마교 입장에서는 마지막 희망이라고 생각될 것이 분명. 그렇다면 칼기아와 김시훈의 일대일 교전을 유도하기 위해서라도 군대를 보내는 것은 필수였다.

"모든 것은 마왕님의 뜻대로."

리리스가 치맛자락을 살짝 들어 올리며 고개를 숙였다.

강우는 그런 그녀를 가만히 바라보며 굳게 입을 다물었다.

얼마 전 할키온과 만났던 일이 떠올랐다.

"한 가지 물어볼 게 있는데 말이야."

"네, 얼마든지 말씀하세요."

"네 눈으론 인간의 미추를 구별할 수 없다고 했지?"

"아, 예."

"사실은 좀 혐오스럽게 보이는 것 아냐?"

리리스가 굳게 입을 다물었다.

아무리 그들이 인간을 물고기나 다름없는 시선으로 본다고 해도 아름답냐 아니냐를 따지면 아닌 쪽으로 기울 확률이 크다는 생각이 들었다.

'사실 물고기도 좀 끔찍하게 생기긴 했으니까.'

종류에 따라 다르지만, 심해어 같은 경우 악마나 다를 바 없게 생기긴 했다.

"으음. 적어도 아름답거나 예쁘게는 보이지 않죠."

리리스가 곤란하다는 표정으로 답했다. 그녀가 이 정도로 돌려 말했다면 실제는 꽤나 혐오스럽게 보이는 것은 사실인 것 같았다.

"그렇다면 나도 네 눈에는 좀 그렇게 보이는 거 아냐?"

"후훗."

리리스는 가볍게 웃음을 흘리고 손을 뻗어 강우의 뺨에 올렸다.

"그런 건 중요하지 않아요. 마왕님이 어떻게 생겼건, 설사 가장 끔찍하다는 할키온처럼 생기셨다고 해도… 전 당신을 사랑할 거예요."

"……"

"기억나시나요? 아스모데우스의 손에서 절 구해주신 날을.

제게 구애하는 악마들은 셀 수도 없이 많았어요. 목숨을 바친다는 말도 아무렇지 않게 했죠. 하지만……."

그녀는 조심스럽게 그의 뺨을 더듬었다. 마치 소중한 보물을 만지는 것처럼.

"대공의 앞을 막아선 건 마왕님밖에 없었어요."

"그때 그건……."

"알아요. 절 추종하는 세력을 원하셨다는 걸."

리리스는 방긋 미소를 지었다.

"그래도 기뻤어요. 온 세상이 멸망해도 당신만 행복하면 괜찮다고 생각할 정도로."

"……."

"호호호. 전 이만 가볼게요. 조사가 완료되는 대로 다시 찾아뵐게요."

리리스가 몸을 돌렸다.

강우는 멀어지는 그녀의 뒷모습을 바라보며 나지막이 말했다.

"고맙다."

리리스는 고개를 돌려 가볍게 웃더니 이내 문을 닫고 나갔다.

탁.

문이 닫히고 침묵이 내려앉았다.

"쓰발……."

머리칼을 움켜쥐었다.

괜히 머릿속이 복잡해졌다.

'뭐, 일단.'

한숨을 내쉬며 고개를 저었다. 지금 집중해야 할 것은 리리스가 아니다.

"마기 제어력을 올리러 가볼까."

강우는 몸을 일으켰다.

김시훈에게 칼기아라는 먹잇감을 주면서 키우는 것은 그를 위해서가 아니었다.

'최대한 전력을 쌓아둬야지.'

사탄 코인이 떡락한 후, 이제는 한 치 앞을 알 수 없게 돼버렸다.

'어차피 해야 될 일은 하나야.'

지옥에 처음 떨어졌을 때도, 구천지옥에 처음 들어섰을 때도, 모든 대공을 상대로 전쟁을 선포했을 때도.

언제나처럼.

'더 높은 곳으로.'

더 아득한 곳으로. 세상 모든 것을 씹어 삼키며. 앞으로, 앞으로.

"그럼 슬슬 출발하겠습니다."

선두에 선 김시훈이 몸을 돌렸다.

수호의 전당에서 중동으로 이어지는 게이트. 그 앞에는 김시훈의 직속 부대라고 할 수 있는 천랑부대가 도열해 있었다.

"저희는 전처럼 개별적으로 활동해도 되겠습니까."

은발의 천사가 다가왔다.

샤르기엘. 라파엘군의 이인자이자 라파엘이 가디언즈에게 파견 및 감시의 목적으로 보낸 천사였다.

샤르기엘의 뒤에는 라파엘군의 정예라고 할 수 있는 천사들과 그들을 섬기는 빛의 감시자들이 도열해 있었다.

"예. 그렇게 해주시면 감사하겠습니다."

김시훈은 오히려 다행이라는 표정으로 말했다.

이번 작전의 총지휘를 맡은 것은 자신이었지만 솔직히 천사와의 관계는 아직 서먹했다. 그런 상황에서 맘 편히 지휘를 할 수 있을 리가 만무. 차라리 알아서 움직여 주는 쪽이 훨씬 편했다.

"알겠습니다."

샤르기엘이 몸을 돌렸다.

"그럼……."

김시훈은 깊게 숨을 들이쉬었다. 평소와 달리, 무거운 긴장감이 그의 어깨를 짓누르고 있었다.

"그러고 보니 강우 갠 어디 갔어?"

차연주가 고개를 두리번거리며 물었다.

그녀 또한 천랑부대의 일원으로 활동하고 있었다. 성격이 성격인 탓에 부대원이라기 보단 파티원이란 느낌이 더 강했지만.

"형님은 바쁜 용무가 있어서 오지 못하신다고 합니다."

"바쁜 용무라고?"

차연주가 인상을 팍 구겼다.

"꼴에 또 뭔 일이라는데?"

이번 작전에 강우가 참여하지 않아 굉장히 불만스럽다는 말투.

김시훈은 쓴웃음을 지으며 고개를 저었다.

"모르겠습니다. 다만……."

함께 가지 못해 미안하다고 말하는 강우의 모습이 떠올랐다. 그의 표정은 어두웠고, 굉장히 진지했다.

"아마 큰일이 있으시다고 생각됩니다."

강우처럼 악을 증오하는 사람이 마지막 위상을 처리하는 작전에 참여하지 않다니. 분명 자신이 모르는 중요한 일이 있을 것이 분명했다.

'형님…….'

김시훈은 지금 어딘가에서 바삐 움직이고 있을 강우를 떠올렸다.

언제나 다른 사람을 생각하고, 희생을 감수하며, 더없이 정의로운. 그 누구보다도 존경하는 형.

그 형이 자신에게까지 숨기며 하는 일이니 분명 굉장히 힘들고, 차마 표현할 수 없을 정도로 괴로운 일을 하고 있으리라.

그의 손에 빛무리가 모여들며 새하얀 검이 만들어졌다.

철컥.

루드비히의 검 자루를 쥐고 굳게 맹세한다.

"형님을 대신해 악마교를 마무리 짓겠습니다."

달칵.

"오, 이게 진짜 되네."

강우는 투영의 권능과 종속의 권능을 교묘하게 결합하여 만든 물건을 바라보며 눈을 빛냈다.

지금 이 순간을 위해 준비한 권능.

그의 눈앞에는 김시훈의 시야가 텔레비전의 화면처럼 떠올라 있었다.

"끄응, 피곤하긴 하네."

강우는 졸린 눈으로 말했다.

지난 며칠간 한숨도 쉬지 않고 마기 제어력의 한계를 넘기 위해 극한의 컨트롤을 했기 때문에 온몸이 녹초가 되었다.

'이건 뭐 재생의 권능으로도 회복이 안 되는 거니까.'

마왕이고 나발이고 초 단위로 죽음의 위기를 넘나드는 짓을 하면 정신적 피로가 쌓이는 것은 어쩔 수 없었다.

'솔직히 미친 듯이 졸리긴 한데.'

이런 기회를 놓칠 수는 없었다.

강우는 이 순간을 위해 준비해 둔 물건에 손을 뻗었다.

치익.

맥주를 한 캔 따고 미리 준비해 온 팝콘을 씹었다.

"가라 시훈아!!"

그리고 응원 봉을 들고 열심히 흔들었다.

"내 동생 힘내라!!"

◆ 9장 ◆
온 세상이 파멸할 것이다

"키에에에에에엑!!"

끔찍한 괴성이 울려 퍼진다.

"후우."

깊게 숨을 들이쉰 시훈이 루드비히의 검 자루를 움켜쥐고 거칠게 진각을 밟으며, 검을 휘두른다.

아래서 위로, 사선으로 그어진 검의 궤적을 따라 새하얀 검기가 뻗어 나갔다. 괴성을 흘리며 달려들던 마물의 몸이 반으로 갈라졌다.

촤악!

타르를 연상시키는 진득한 검은 피가 사방에 튀었다.

슬쩍 몸을 돌려 피한 후 앞으로 달려 나갔다.

"아아아아악!!"

"죽여!!"

사방에서 터져 나오는 비명 소리가 귓가에 들렸다. 쓰러진 천랑부대원들에게 수백에 달하는 마물들이 달려들었다.

콰드드드득!

그때, 수십 줄기의 붉은 쇠사슬이 뻗어 나와 마물의 몸을 갈랐다. 그리고 붉은 단발을 가진 여인이 마물의 몸을 발로 걷어차며 달려왔다.

"그 칼기아란 놈은 어디 쪽에 있는 거야?"

차연주의 목소리가 들렸다.

김시훈은 손을 들어 한 곳을 가리켰다.

폐허로 변한 건물의 잔해. 그 너머에 지하로 통하는 통로가 보였다. 지금은 누군가의 습격으로 멸망했지만, 예전에 악마교의 지부 중 하나가 있었다는 장소.

"저쪽 안에 있다고 합니다."

"끄응. 꽤 머네."

사실 거리 자체는 그다지 멀지 않았다.

"키에에에에엑!"

"이것들이 진짜!"

차연주가 손을 교차했다. 그물처럼 펼쳐진 붉은 쇠사슬이 마물의 전신을 휘감았다.

치이이익.

메케한 냄새와 함께 연기가 피어났다.

"뭐 이렇게 마물이 많은 거야⋯⋯."

그녀는 질린다는 목소리로 중얼거렸다.

통로까지의 거리가 멀게 느껴지는 이유. 그것은 폐허 주변에서 쏟아져 나오는 수천에 달하는 마물들 때문이었다.

"악마교의 마지막 저력인 것 같습니다."

"그런 것 치고 정작 악마교도 놈들은 한 마리도 보이지 않는데⋯⋯."

차연주가 가늘게 눈을 뜨며 주변을 살폈다.

그녀의 말대로 주변을 가득 채운 것은 끔찍한 외형의 마물들뿐. 그들을 부리는 악마교도나 추기경급 존재의 모습은 코빼기도 보이지 않았다.

김시훈은 굳게 입을 다물었다.

'확실히 이상해.'

이 정도 규모의 마물이 있는데도 불구하고 악마교도가 한 명도 보이지 않는 것은 이상하다.

당장 생각나는 가능성은 두 가지.

'마물들을 미끼로 던지고 도망쳤거나.'

김시훈은 칼기아가 있다는 지하 통로의 입구를 노려보았다.

'악마교도를 끌어모아 뭔가를 준비하고 있거나.'

섬뜩한 불길함이 등골을 타고 흘렀다. 왠지 이대로 칼기아가 도망을 친 것은 아니라는 생각이 들었다.

'뭔가 있어.'

논리에 의한 추측이 아닌, 직감에 의존한 불확실한 예측. 하지만 저 지하 통로에서 느껴지는 음산한 기운이 그 예측에 확신을 더해줬다.

손에 쥔 성검에 힘을 더했다.

"차연주 씨."

"응?"

"이대로 마물들을 모두 정리하고 가면 시간이 너무 오래 걸립니다. 정면으로 돌파하겠습니다."

"뭐?"

차연주가 무슨 헛소리를 하냐는 듯 김시훈을 바라보았다.

3백여 미터 거리에 있는 지하 통로. 그 통로까지 향하는 길을 가로막고 있는 마물의 숫자는 어림잡아도 천은 가볍게 넘어 보였다.

'그걸 정면으로 돌파하겠다고?'

제정신으로 할 소리인가.

우우우우웅!

"야, 야 잠깐만! 너 설마 진짜로……."

콰아앙!

김시훈은 거칠게 발을 굴렀다. 그러자 눈 부신 빛무리가 사방으로 뻗어 나갔다.

"저, 저 미친놈이……!"

한 걸음. 검을 낮게 휘두른다. 3미터가 넘는 마물의 다리가 잘려 나가 쓰러진다.

두 걸음. 머리를 짓밟고 공중으로 날아오른다. 역수로 검을 잡아 내려찍는다. 응축된 힘이 폭발하듯, 새하얀 검기의 다발이 부채꼴로 퍼져 나가 마물의 몸을 도륙한다.

세 걸음. 벌어진 틈으로 몸을 비집어, 마물이 뭉쳐 있는 곳으로 눈 깜짝할 사이에 파고든다.

"후우."

양손으로 검을 쥐고, 들어 올린다. 새하얀 빛이 기둥처럼 높게 치솟았다.

"천룡."

나지막이 입을 떼며, 단전의 내공을 끌어 올린다. 그러자 폭발하듯 퍼져 나가는 빛이 시야를 가득 채운다.

"일섬."

콰과과과과과광!!!

30여 미터로 늘어난 새하얀 검기가 마물을 쓸어버렸다.

백여 마리가 넘는 마물의 몸이 강렬한 에너지에 노출되어 흔적도 없이 증발했다. 신화 속 거인이 검을 내려치는 듯한 경이로운 광경.

"허……."

"어, 언제 저런 힘을……."

천무진의 입에서 허탈한 웃음이 흘러나왔다.

차연주가 벌어진 입을 다물지 못한 채 김시훈을 바라보았다. 단신으로 수천 마리의 마물이 모여 있는 곳을 파고들어 길을 뚫어내다니. 인간이라고는 믿기 힘든 신위. 차라리 괴물이라는 표현이 어울릴 정도로 어처구니없는 광경이었다.

"지체할 시간이 없습니다! 지금이 기회예요!"

멍하니 자신을 바라보는 부대원들을 향해 일갈을 내뱉었다. 그제야 정신을 차린 천랑부대원들이 김시훈이 터놓은 길을 따라 돌격했다.

"와아아아아아!"

"돌파해!!"

김시훈을 선두로 쐐기 형태로 뭉친 천랑부대가 무시무시한 돌파력으로 마물의 바다를 갈랐다.

"키에에에엑!!"

"크읏!"

김시훈의 표정이 일그러졌다. 대체 어디서 나오는지도 알 수 없을 정도로 무수한 마물들이 나타나 앞을 가로막았다.

'부족해.'

자신 혼자라면 어찌 돌파할 수 있을 것 같지만 천랑부대를

다 이끌고 돌파하긴 힘들었다.

"연주 씨! 사부님! 최대한 정예 플레이어만 추려서 이쪽으로 모여주십시오!"

"크윽! 그렇게 하다간……."

천무진이 곤혹스러운 표정으로 주변을 살폈다. 마물의 무리를 돌파하고 있는 도중 어중간하게 그들만 빠져나간다면 뒤처진 본대가 포위를 당한 꼴이 되어버린다.

"괜찮습니다."

김시훈이 한쪽을 바라보며 말했다. 그곳에선 새하얀 날개를 지닌 천사들이 마물을 습격하고 있었다.

"어둠에 물든 자에게!"

"빛의 심판을!"

파죽지세로 마물의 무리를 학살하는 천사들. 그중 샤르기엘과 몇몇 천사들이 김시훈 쪽으로 붙었다.

"적들의 수장은 어디에……."

"이쪽입니다!"

김시훈이 지하 통로를 가리켰다.

차연주와 천무진, 샤르기엘이 지하 통로 쪽으로 방향을 틀었다. 천랑부대의 정예 플레이어들과 천사 중 그 급이 높은 천사들이 힘을 합쳐 길을 뚫어냈다.

쿵! 우르르르!

지하 통로가 무너져 내리고 허물어진 벽 너머로 넓은 공동이 나타났다.

"자자스 자자스 나스타나다 자자……."

"치, 침입자다!"

검은 로브를 입은 수백 명의 사제가 무언가 알 수 없는 의식을 치르고 있는 것이 보였다.

일말의 망설임도 없이, 김시훈이 달린다.

촤악! 촥!

"커헉!"

"아아아악!"

눈부신 속도로 휘둘러진 검이 사제들의 몸을 갈랐다.

김시훈이 표정이 초조함에 물들었다.

'뭔가 불길해.'

수백의 악마교도가 모여 펼치고 있는 의식. 그것이 무엇인지, 어떤 목적과 효과가 있는지는 알 수 없었다.

하지만 한 가지는 확실했다.

'저 의식이 성공하도록 놔두면 안 돼.'

확신에 가까운 직감. 발걸음이 다급해졌다.

눈앞을 가로막은 사제들을 베어 넘겼다.

"이 더러운 악의 종자들!"

샤르기엘도 마찬가지.

복잡하게 펼쳐진 마법진에서 섬뜩한 마기를 느낀 그는 여섯 장의 날개를 활짝 펼치며 날아올랐다.

"죽어랏!"

의식을 주도하고 있는 것으로 보이는 비쩍 마른 노인을 향해 샤르기엘이 날아들었다.

칼기아가 고개를 들었다.

"크흐흐흐."

음산한 웃음이 흘러나왔다.

지팡이로 바닥을 내려찍는다.

쿠웅!

"커헉!"

마기가 원형으로 퍼져 나가 샤르기엘을 튕겨냈다. 거대한 망치에 후려 맞은 듯 샤르기엘의 몸이 튕겨 나가 벽에 부딪혔다.

"끌끌끌. 가이아의 권속들에 천사라… 아주 좋은 관중들이 무대에 모이게 됐군."

칼기아는 낄낄 웃음을 터뜨리며 몸을 돌렸다. 그에게서 뿜어져 나온 마기가 공동 전체를 짓눌렀다.

"크윽! 뭐, 뭐야 저 새끼……."

전신을 짓누르는 거대한 압박에 차연주가 표정을 일그러뜨렸다. 붉은 쇠사슬을 조종해 칼기아를 공격하려고 했지만, 몸이 말을 듣지 않았다.

"크윽!"

"모, 몸이……."

몸을 움직일 수 없었던 것은 다른 사람도 마찬가지. 공동 전체를 짓누르는 거대한 마기에 플레이어와 천사들이 하나둘씩 쓰러지기 시작했다.

촤아악!

그중에 유일하게 움직일 수 있던 것은 김시훈 하나. 김시훈은 수백에 달하는 악마교도를 썰어버리며 전진했다.

"저놈을 막앗!"

"의식을 방해하지 못하게 해라!"

악마교의 사제들이 그를 향해 강력한 흑마법을 쏘아냈다. 수백, 수천에 달하는 흑마법이 김시훈을 향해 쏟아졌다.

"일섬(一閃)."

무수한 흑마법들을 베어내며, 앞으로 나아갔다. 한 걸음 옮기며 검을 휘두를 때마다 열에 가까운 사제들의 목이 바닥을 굴렀다.

콰아아앙!

"하아, 하아."

하지만 아무리 그라고 해도 강력한 흑마법의 포화에서 멀쩡할 수는 없었다. 상처가 늘어가고, 전신에 피가 흘렀다.

'제길.'

입술을 깨물며 칼기아를 노려보았다. 그는 무엇이 그리 즐거운지 광기에 찬 웃음을 계속 터뜨리고 있었다.

그때였다.

콰앙!

"기, 김시훈 수호자님!!"

"가이아 씨……?"

벽이 무너지며 가이아가 나타났다.

금발을 가진 중년의 여인이 가이아를 보호하고 있는 모습이 보였다. 그레이스 맥커빈이 그녀를 안아 들고 통로 안까지 들어온 것이다.

갑작스러운 가이아의 등장에 김시훈의 표정이 딱딱하게 굳었다.

"여긴 위험합……."

"의식을, 의식을 막아야 합니다!!!"

절규에 가까운 외침. 가이아는 파랗게 질린 표정으로 외쳤다.

"계시가, 계시가 내려왔습니다. 지, 지금 저자는……!"

"크흐, 크흐흐흐!!!"

칼기아가 폭소를 터뜨렸다.

"이제야 알게 된 모양이구나 가이아의 화신이여!"

앙상한 손으로 품속을 뒤졌다.

"하지만 이미 늦었다! 너희는 이 의식을 막을 수 없다!"

그가 품속에서 꺼낸 것은 검은 표지의 책.

"나는 드디어 깨달았다! 우리는 속고 있었던 게야! 사탄이라는 이름에 우롱당했던 게야!"

책을 펼쳤다. 검은 마기가 폭발적으로 솟구쳤다.

"오, 오오오오!!"

"진리여, 진실이여!!"

"드디어 진정한 군주를……!"

사제들이 광기에 찬 함성을 내지르며 무릎을 꿇었다.

"이건 또 무슨……."

김시훈은 갑작스러운 그들의 태도에 눈살을 찌푸렸다.

칼기아의 외침이 이어졌다.

"이 책에 모든 진실이 담겨 있었다! 이 책이야말로 지옥에서 내려온 성서! 모든 진실이 담긴 책일지니!"

그가 펼쳐 든 책의 표지에는 '지옥의 서'라는 문구가 적혀 있었다.

광기에 찬 목소리로 외쳤다.

"사탄은 거짓된 왕이었다! 신들조차 두려움에 벌벌 떨게 만든 예언의 악마는 그자가 아니었어! 진정한 악마는, 지옥의 군주는 따로 있었던 것이다!!"

콰앙!

지팡이를 거칠게 내려찍는다.

"자, 오십시오! 이곳에 현신하십시오!!"

쩌적.

허공에 금이 가며 검은 균열이 나타났다.

"지옥의 군주여! 구천의 지옥을 다스리는 악마들의 왕이여!!!"

쩌저저적!

검은 균열이 커졌다.

"크하하하하!! 너희는 이미 늦었다! 이미 의식은 돌이킬 수 없다!"

양팔을 넓게 펼치며 광소를 터뜨렸다.

"두 눈 똑똑히 보아라! 온 세상이 파멸하는 이 순간을!"

쩌저저저저적!!

"자, 예언의 악마여! 그 예언에 따라 세계를 파멸시켜 주십시오!!!"

쿠우우우웅!!

거대한 충격과 함께 공동이 크게 진동하고 연기가 높게 치솟아 올랐다 가라앉았다.

그리고 그곳에는.

"……어?"

한 손에는 맥주. 다른 손에는 팝콘을 든 채 소파에 늘어져 있는 강우가 있었다. 그는 마치 잠을 자다가 깬 듯 몽롱한 눈빛으로 입을 열었다.

"뭐야."

고개를 두리번거리던 강우의 반쯤 감겨 있던 두 눈이 부릅 떠졌다.

"뭔 일이야 ×발."

To Be Continued

휘드리카
사용마을사

홍성호 판타지 장편소설

아는 듯, 이제까지로 스럽더니요.

밝은동이 풀어지고, 많은 수 없는 하기가 반짝였다.
거리낌없는 재능은 깨우며

[블아이의 재능수치는 측정불가입니다.]
[거기 보는 수치는 측정불가입니다.]

반달음은 용사, 재능 있는 미친자는,
시르렁 생명을 흘리지를.
모든 것들이 이용해야 한다.

흘러가기 바람.

"꿈틀거리던 이 이불속에서, 몸이 놀리기 위해서
별 것이라고 꿈 꿨겠어?"